中国文学名家精品

Zhengzhenduo Xiaoshuo Jingpin

郑振铎小说精品

郑振铎 著　郭艳红 主编

北方妇女儿童出版社

图书在版编目（CIP）数据

郑振铎小说精品/郑振铎著；郭艳红主编. —长春：北方妇女儿童出版社，2015.1（2021.3重印）
（中国文学名家精品）
ISBN 978-7-5385-8226-0

Ⅰ. ①郑… Ⅱ. ①郑… ②郭… Ⅲ. ①短篇小说—小说集—中国—现代 Ⅳ. ①I246.7

中国版本图书馆CIP数据核字（2015）第007618号

郑振铎小说精品
ZHENG ZHEN DUO XIAO SHUO JING PIN

出 版 人	刘　刚
责任编辑	王天明
开　　本	700mm×980mm　1/16
印　　张	9
字　　数	148千字
版　　次	2015年5月第1版
印　　次	2021年3月第3次印刷
印　　刷	固安县云鼎印刷有限公司
出　　版	北方妇女儿童出版社
发　　行	北方妇女儿童出版社
地　　址	长春市福祉大路5788号
电　　话	总编办：0431-81629600
定　　价	26.80元

前　言

习近平总书记在文艺座谈会上指出，繁荣文艺创作、推动文艺创新，必须要有大批德艺双馨的文艺名家。我国作家艺术家应该成为时代风气的先觉者、先行者、先倡者，要通过更多有筋骨、有道德、有温度的文艺作品，书写和记录人民的伟大实践、时代的进步要求，彰显信仰之美、崇高之美。

是的，当历史跨入21世纪的新时代，我们党发出了实现中国梦的伟大号召，掀起了轰轰烈烈的复兴中国文化的运动。这就要求我们站在时代的前沿，薪火相传，一脉相承，弘扬中国有史以来优秀的、光明的、先进的、科学的、文明的文化，融合古今中外一切文化精华，构建具有中国特色的现代民族文化，向世界和未来展示中华民族的文化力量、文化价值与文化风采。

就文学创作而言，就是广大作家要接过近现代中国文学名家传递的笔墨圣火，照亮时代的道路，创造文学的繁荣；广大读者则应吸收近现代中国文学的精神力量，认识过去的时代，投身当代的建设。总之，中国的复兴需要大家添光加彩！

回首上世纪初，中国掀起了伟大的反帝反封建的民族解放运动，广大作家以此为崇高历史使命，把文字作为投枪匕首，走在时代最前列，创作了大量优秀的文学作品，发出了代表时代最强音的呐喊，振聋发聩，唤醒广大人民群众，开创了新文化运动，创造了现代文学。

中国现代文学是指用现代文学语言与文学形式，表达中国现代思想、感情、心理的文学，是在"五四"新文化运动影响下，广泛接受外国文学影响而形成的新兴文学，产生了极大的历史推动作用。

在新文化运动推动下，广大作家汲取中外文学营养，形成了新的文学形态。他们不仅用白话语言表现现代科学民主思想，而且在艺术形式与表现手法上对传统文学进行深入革新，创建了新的文学体裁。在叙述角度、抒情方式、描写手段以及结构组成等方面，都有全新创造，极具现代特色，成为真正现代意义上的文学。

中国现代文学的主流是人民的文学，广大作家深入火热的战斗生活中，极大加强了文学与民众的结合，文学与进步的社会思潮及民族解放、革命运动的自觉联系，这构成了中国现代文学的基本历史特征与传统。此时的文学，以表现普通民众生活、改造国民性格和社会人生为根本任务。

中国现代文学早期的发展，是在广大作家吸取外来文学营养使之民族化并继承民族传统使之现代化的过程中奠定基础的。对于如何正确对待传统文化与西方外来文化的问题，他们打破了抱残守缺的国粹主义思想，进行了彻底革新，曾对西方各个历史时期的文艺思潮、文学流派，包括各种文学形式、表现手法等，进行了全面介绍与广泛吸收，同时对我国传统文学遗产也进行了重新评价。这对促进思想与艺术的解放，促进文学的现代化，起到了重要作用，从而形成了现代文学的繁荣局面，促进了广大民众的觉醒。

接过20世纪中国文学作家的思想圣火，实现新时代民族文化复兴的中国梦，这是广大作家和读者义不容辞的神圣职责。为此，我们从诗歌、散文、小说三大文学体裁着手，特别编辑了这套《中国文学名家精品》，精选了许多文学名家的精品力作，代表了中国20世纪文学的高度，具有极强的权威性、可读性和艺术性。

这些文学名家，都是中国20世纪现代文学的开拓者和各种文学形式的集大成者，他们的作品来源于他们生活的时代，是那个时代社会生活的缩影，包含了作家本人对社会、生活的体验与思考，影响着社会的发展进程，具有永恒的魅力。他们是我们心灵的工程师，能够指导我们的人生发展，对于复兴中国文化具有深远的启迪作用。

作者简介

郑振铎（1898—1958）字西谛，书斋用"玄览堂"的名号，有幽芳阁主、纫秋馆主、纫秋、幼舫、友荒、宾芬、郭源新等多个笔名，生于浙江温州，原籍福建长乐。他是我国现代杰出爱国主义者和社会活动家，又是著名作家、诗人、学者、文学评论家、文学史家、翻译家、艺术史家，也是国内外闻名收藏家，训诂家。是中国民主促进会发起人之一。

1898年，郑振铎出生于浙江省永嘉县，少入私塾，他曾在广场路小学、温二中、温州中学就读。1917年，他进入北京铁路管理传习所学习。1919年，他参加"五四运动"并开始发表作品。

1920年，郑振铎与著名作家茅盾发起成立文学研究会，创办《文学周刊》与《小说月报》。他还担任上海商务印书馆编辑，以及《小说月报》主编、上海大学教师、《公理日报》主编。1927年，他旅居英、法。回国后，他担任北京燕京大学、清华大学教授、上海暨南大学教授、《世界文库》主编等。

1937年，郑振铎参加文化界救亡协会，他与著名作家胡愈之等人组织复社，出版了《鲁迅全集》，并主编《民主周刊》。1949年后，他历任全国文联福利部部长，全国文协研究部部长，人民政协文教组组长，中央文化部文物局局长，民间文学研究室副主任，中国科学院考古研究所所长，文化部副部长，全国政协委员，全国文联全委、主席团委员，全国文协常，中国作家协会理事。

1952年，郑振铎加入中国作家协会。1953年2月22日，他担任中国文学研究所第一任所长。1955年，他当选为中国社会科学院院士及学部委员。1958年，他率领中国文化代表团赴开罗访问，途中所乘坐的飞机在苏联楚瓦什境内失事遇难身亡。

郑振铎是我国现代文学史上一位杰出的文学家，在文学研究方面，他是20世纪20年代初较早提出和着手用新的观点、方法整理和研究中国文学史的人，其中著作包括《文学大纲》《俄国文学史略》《中国文学论集》《中国俗文学史》《近百年古城古墓发掘史》《基本建设及古文物保护工作》《域外所藏中国古画集》《中国历史参考图谱》《伟大的艺术传统图录》和《中国版画史图录》等。

郑振铎创作的短篇小说集有《家庭的故事》《取火者的逮捕》和《桂公塘》。散文集有《佝偻集》《欧行日记》《山中杂记》《短剑集》《困学集》《海燕》《民族文化》和《蛰居散记》。

从郑振铎的文学作品中，可以感受到他对故乡感情之深，其中《海燕》就是一篇思念故乡的作品。1927年，在蒋介石"四一二"反革命政变后，大肆屠杀共产党人、工农群众和革命知识分子，他被迫远走欧洲，于是撷取了赴欧途中的一个生活片断，写了名篇《海燕》。

郑振铎还为我国译介了许多重要的外国文学作品，其中许多作品具有开拓性和启蒙性。他也提出了许多重要的翻译理论，为我国翻译理论增添了许多宝贵财富。其中的译著有《沙宁》《血痕》《灰色马》《飞鸟集》《新月集》和《印度寓言》。

郑振铎对我国的文化学术事业做出了多方面的杰出贡献。在文学理论方面，他是文学革命初期"为人生"文学的重要倡导者之一，他后来还进一步提出了需要"血和泪的文学"口号，要求进步作家创作出"带着血泪的红色的作品"。因此，他一生坚持革命的现实主义文学理论，强调文学在社会改革中的功能，提倡文学为人民服务。

在文学研究方面，在20世纪20年代初，郑振铎就提倡和从事中外古今文学综合的比较研究，还一贯重视民间文学和小说、戏曲的资料收集和研究，做了很多属于开拓性的工作。

郑振铎 小说精品【目录】

郑振铎

小说精品

【目录】

第三辑

郑振铎

小说精品

【第一辑】

猫

　　我家养了好几次的猫，却总是失踪或死亡。三妹是最喜欢猫的，她常在课后回家时，逗着猫玩。有一次，从隔壁要了一只新生的猫来。花白的毛，很活泼，常如带着泥土的白雪球似的，在廊前太阳光里滚来滚去。三妹常常的，取了一条红带，或一条绳子，在它面前来回地拖摇着，它便扑过来抢，又扑过去抢。我坐在藤椅上看着他们，可以微笑着消耗过一二小时的光阴，那时太阳光暖暖地照着，心上感着生命的新鲜与快乐。后来这只猫不知怎地忽然消瘦了，也不肯吃东西，光泽的毛也污涩了。终日躺在客厅上的椅下，不肯出来。三妹想着种种方法去逗它，它都不理会。我们都很替它忧郁。三妹特地买了一个很小很小的铜铃，用红绫带穿了，挂在它颈下，但只观得不相称，它只是毫无生意的、懒惰的、郁闷地躺着。又一天中午，我从编译所回来，三妹很难过地说道："哥哥，小猫死了！"

　　我心里也感着一缕的酸辛，可怜这两个月来相伴的小侣！当时只得安慰着三妹道："不要紧，我再向别处要一只来给你。"

　　隔了几天，二妹从虹口舅舅家里回来，她道，舅舅那里有三四只小猫，很有趣，正要给人家。三妹便怂恿着她去拿一只来。礼拜天，母亲回来了，却带了一只浑身黄色的小猫回来。立刻引起了三妹的注意，又被这只黄色的小猫吸引去了。这只小猫较第一只更有趣，更活泼。它在园中乱跑，又会爬树，有时蝴蝶安详地飞过时，它也会扑过去捉。它似乎太活泼了，一点也不怕生人，有时由树上跃到墙上，又跑到街上，在那里晒太阳。我们都很为它提心吊胆，一天都要"小猫呢？小猫呢？"的查问好几次。每次总要寻找一回，方才寻到。三妹常指它笑着骂道："你这小猫呀，要被乞丐捉去后才不会乱跑呢！"我回家吃午饭，它总坐在铁门外边，一见我进门，便飞也似的跑进去了。饭后的娱乐，是看它在爬树，隐身在阳光隐约里的绿叶中，好像在等待着要捕捉什么似的。把它捉了下来，又极快地爬上去了。过了二三个月，它会捉鼠了。有一次，居然捉到一只很肥大的鼠，自此，夜间便不再听见讨厌的"吱吱"的声音了。

　　某一日清晨，我起床来，披了衣下楼，没有看见小猫，在小园里找了一遍，也不见。心里便有些亡失的预警。

　　"三妹，小猫呢？"

　　她慌忙地跑下楼来，答道："我刚才也寻了一遍，没有看见。"

　　家里的人都忙乱地在寻找，但终于不见。

　　李妈道："我一早起来开门，还见它在厅上，烧饭时，才不见了它。"

　　大家都不高兴，好象亡失了一个亲爱的同伴，连向来不大喜欢它的张妈也说："可惜，可惜，这样好的一只小猫。"这使我心里还有一线希望，因为它偶然跑到远处去，也许会认得归途的。

午饭时，张妈诉说道："刚才遇到隔壁周家的丫头，她说，早上看见我家的小猫在门外，被一个过路的人捉去了。"

于是这个亡失证实了。三妹很不高兴的，咕噜着道："他们看见了，为什么不出来阻止？他们明晓得它是我家的！"

我也怅然的，愤然的，在咒骂着那个不知名的夺去我们所爱的东西的人。自此，我家好久不养猫。

冬天的早晨，门口蜷伏着一只很可怜的小猫，毛色是花白的，但并不好看，又很瘦。它伏着不去。我们如不取来留养，至少也要为冬寒与饥饿所杀。张妈把它拾了进来，每天给它饭吃。但大家都不大喜欢它，它不活泼，也不象别的小猫之喜欢游玩，好像是具有天生的忧郁性似的，连三妹那样爱猫的，对于它，也不加注意。如此的，过了几个月，它在我家仍是一只若有若无的动物，它渐渐地肥胖了，但仍不活泼。大家在廊前晒太阳闲谈着时，它也常来蜷伏在母亲和三妹的足下。三妹有时也逗着它玩，但并没有对于前几只猫那样感兴趣。有一天，它因夜里冷，钻到火炉底下去，毛被烧脱好几块，更觉得难看了。

春天来了，它成了一只壮猫了，却仍不改它的忧郁性，也不去捉鼠，终日懒惰地伏着，吃得胖胖的。

这时，妻买了一对黄色白芙蓉鸟来，挂在廊前，叫得很好听。妻常常叮咛着张妈换水，加鸟粮，洗刷笼子。那只花白猫对于这一对黄鸟，似乎也特别注意，常常跳在桌上，对鸟笼凝望着。

妻道："张妈，留心猫，它会吃鸟呢。"

张妈便跑来把猫捉了去，隔一会儿，它又跳上桌子对鸟笼凝望着了。

一天，我下楼时，听见张妈在叫道："鸟死了一只，一条腿没有了，笼板上都是血。是什么东西把它咬死的？"

我匆匆跑下去看，果然一只鸟是死了，羽毛松散着，好象它曾与它的敌人挣扎了许多。

我很愤怒，叫道："一定是猫，一定是猫！"于是立刻便去找它。

妻听见了，也匆匆地跑下来，看了死鸟，很难过，便道："不是这猫咬死的还有谁？它常常对着鸟笼望着，我早就叫张妈要小心了。张妈！你为什么不小心？"

张妈默默无言，不能有什么话来辩护。

于是猫的罪状证实了。大家都去找这可厌的猫，想给它以一顿惩戒。找了半天，却没找到。真是"畏罪潜逃"了，我以为。

三妹在楼上叫道："猫在这里了。"

它躺在露台板上晒太阳，态度很安详，嘴里好像还在吃着什么。我想它一定是在吃着这可怜的鸟的腿了，一时怒气冲天，拿起楼门旁倚着的一根木棒，追过去打了一下。它很悲楚地叫了一声"咪呜！"便逃到屋瓦上了。

我心里还愤的，以为惩戒的还没有快意。

隔了几天，李妈在楼下叫道："猫，猫！又来吃鸟了。"同时我看见一只黑猫飞快地跳过露台、嘴里衔着一只黄鸟。我开始觉得我是错了！

我心里十分难过，真的，我的良心受伤了，我没有判断明白，便妄下断语，冤枉了一只不能说话辩诉的动物。想到它的无抵抗的逃避，益使我感到我的暴怒，我的虐待，都是针，刺我的良心的针！

我很想补救我的过失，但它是不能说话的，我将怎样地对它表白我的误解呢？

两个月后，我们的猫忽然死在邻家的屋脊上。我对于它的亡失，比以前两只猫的亡失，更难过得多。

我永无改正我的过失的机会了！至此，我家永不养猫。

1925.11.7于上海

风　波

　　楼上洗牌的声音瑟拉瑟拉的响着，几个人的说笑、辩论、计数的声音，隐约的由厚的楼板中传达到下面。仲清孤寂的在他的书房兼作卧房用的那间下厢房里，手里执着一部屠格涅夫的《罗亭》在看，看了几页，又不耐烦起来，把它放下了，又到书架上取下了一册《三宝太监下西洋演义》来，没有看到二三回，又觉得毫无兴趣，把书一抛，从椅上立了起来，微微的叹了一口气，在房里踱来踱去。壁炉架上立着一面假大理石的时钟，一对青瓷的花瓶，一张他的妻宛眉的照片。他见了这张照片，走近炉边凝视了一回，又微微的叹了一口气。楼上啪，啪，啪的响着打牌的声音，他自言自语的说道："唉，怎么还没有打完！"

　　他和他的妻宛眉结婚已经一年了。他在一家工厂里办事，早晨八九点钟时就上工去了，午饭回家一次，不久，就要去了。他的妻在家里很寂寞，便常到一家姨母那里去打牌，或者到楼上她的二姊那里，再去约了两个人来，便又可成一局了。

他平常在下午五点钟，从工厂下了工，匆匆的回家时，他的妻总是立在房门口等他，他们很亲热的抱吻着。以后，他的妻便去端了一杯牛奶给他喝。他一边喝，一边说些在工厂同事方面听到的琐杂的有趣的事给她听：某处昨夜失火，烧了几间房子，烧死了几个人；某处被强盗劫了，主人跪下地去恳求，终于被劫去多少财物或绑去了一个孩子。这些都是很刺激的题目，可以供给他半小时以上的谈资。然后他坐在书桌上看书，或译些东西，他的妻坐在摇椅上打着绒线衫或袜子，有时坐在他的对面，帮他抄写些诗文，或誊清文稿。他们很快活的消磨过一个黄昏的时光，晚上也是如此。

不过一礼拜总有一二次，他的妻要到楼上或外面打牌去。他匆匆的下了工回家，渴想和他的妻见面，一看她没有立在门口，一缕无名怅惘便立刻兜上心来。懒懒的推开了门口进去，叫道："蔡妈，少奶奶呢？"明晓得她不在房里，明晓得她到什么地力去，却总要照例的问一问。

"少奶奶不在家，李太太请她打牌去了。"蔡妈道。

"又去打牌了！前天不是刚在楼上打牌的么？"他恨恨的说道，好象是向着蔡妈责问。"五姨也太奇怪了，为什么常常叫她去打牌？难道她家里没有事么？"他心思暗暗的怪着他的五姨。桌上的报纸凌乱的散放着，半茶碗的剩茶也没有倒去，壁炉架上的花干了也不换，床前小桌上又是几本书乱堆着，日历也已有两天不扯去了，椅子也不放在原地方，什么都使他觉得不适意。

"蔡妈，你一天到晚做的什么事？怎么房间里的东西一点也不收拾收拾？"

蔡妈见惯了他的这个样子，晓得他生气的原因，也不去理会他，只默默的把椅子放到了原位，桌上报纸收拾开了，又到厨房里端了一碗牛奶上来。

他孤寂无聊的坐着，书也不高兴看，有时索性和衣躺在床上，

默默的眼望着天花板。晚饭是一个人吃着，更觉得无味。饭后摊开了稿纸要做文章，因为他的朋友催索得很紧，周刊等着要发稿呢。他尽有许多的东西要写，却总是写不出一个字来。笔杆似乎有千钧的重，他简直没有决心和勇气去提它起来。他望了望稿纸，叹了一口气，又立起身来，踱了几步，穿上外衣，要出去找几个朋友谈谈，却近处又无人可找。自他结婚以后，他和他的朋友们除了因公事或宴会相见外，很少特地去找他们的。以前每每的强拽了他们上王元和去喝酒。或同到四马路旧书摊上走走。婚后，这种事情也成了绝无仅有的了。渐渐的成了习惯以后，便什么时候也都懒得去找他们了。

街上透进了小贩们卖檀香橄榄，或五香豆的声音，又不时有几辆黄包车衣挨衣挨的拖过的声响。马蹄的的，是马车经过了，汽号波波的，接着是飞快的呼的一声，他晓得是汽本经过了，又时时有几个行人大声的互谈着走过去。一切都使他的房内显得格外的沉寂。他脱下了外衣，无情无绪的躺在床上，默默的不知在想些什么。

铛，铛，铛，他数着，一下，二下，壁炉架上的时钟已经报十点了，他的妻还没有回来，他想道："应该是回来的时候了。"于是他的耳朵格外的留意起来，一听见衣挨衣挨的黄包车拖近来的声音，或马蹄的的的走过，他便谛听了一回，站起身来，到窗户上望着，还预备叫蔡妈去开门。等了半晌，不见有叩门的声音，便知道又是无望了，于是便恨恨的叹了一口气。

如此的，经了十几次，他疲倦了，眼皮似乎强要阖了下来，觉得实在要睡了，实在不能再等待了，于是勉强的立了起身，走到书桌边，气愤愤的取了一张稿纸，涂上几个大字道："唉！眉，你又去了许久不回来！你知道我心里是如何的难过么？你知道等待人是如何的苦么？唉，亲爱的眉，希望你下次不要如此！"

他脱下衣服，一看钟上的短针已经指了十二点。他正钻进被窝里，大门外仿佛有一辆黄包车停下，接着便听见门环嗒，嗒，嗒的响着，"蔡妈，蔡妈，开门！"是他的妻的声音。蔡妈似乎也从睡梦中惊醒，不大愿意的慢吞吞的起身去开门。"少爷睡了么？"他的妻问道。"睡了，睡了，早就唾了"，蔡妈道。

他连忙闭上双眼，一动不动的，假装已经熟睡。他的妻推开了房门进来。他觉得她一步步走近床边，俯下身来。冰冷的唇，接触着他的唇，他懒懒的睁开了眼，叹道："怎么又是十二点钟回来！"她带笑的道歉道："对不住，对不住！"一转身见书桌上有一张稿纸写着大字，便走到桌边取来看。她读完了字，说道："我难道不痛爱你？难道不想最好一刻也不离开你！但今天五姨特地差人来叫我去。上一次已经辞了她，这一次却不好意思再辞了。再辞，她便将误会我对她有什么意见了。今天晚饭到九点半才吃，你知道她家吃饭向来是很晏的，今天更特别的晏。我真急死了！饭后还剩三圈牌，我以为立刻可以打完，不料又连连的连庄，三圈牌直打了两点多钟。我知道你又要着急了，时时看手表，催他们快打。惹得他们打趣了好一回。"说时，又走近了床边，双手抱了他的头，俯下身来连连的吻着。

他的心软了，一阵的难过，颤声的说道："眉，我不是不肯叫你去玩玩。终日闷在家里也是不好的。且你的身体又不大强壮，最好时时散散心。但太迟了究竟伤身体的。以后你打牌尽管打去，不过不要太迟回来。"

她感动的把头何在他身上说道："晓得了，下次一定不会过十点钟的，你放心！"

他从被中伸出两只手来抱着她。久久的沉默无言。

隔了几天，她又是很迟的才回家。他真的动了气，躺在床上只不理她。

"又不是我要迟，我心里真着急得了不得！不过打牌是四个人，哪里能够由着我一个人的主意。饭后打完了那一圈牌，我本想走了，但辛太太输得太厉害了，一定要翻本，不肯停止。我又是赢家，哪里好说一定不再打呢。"

"好，你不守信用，我也不守信用。前天我们怎么约定的？你

少打牌，我少买书。现在你又这么样晚的回家，我明天一定要去买一大批的书来！"

"你有钱，你尽管去买好了。只不要欠债！看你到节下又要着急了！我每次打牌你总有话说，真倒霉！做女人家一嫁了就不自由，唉！唉！"她也动了气，脸伏在桌上，好像要哽咽起来。

他连忙低头小心的劝道："不要着急，不要着急，我说着玩玩的！房里冷，快来睡！"

她伏着头在桌上，不去理会他。他叹道："现在你们女人家真快活了。从前的女人哪里有这个样子！只有男人出去很晚回来，她在家里老等着，又不敢先睡。他吃得醉了回来，她还要小心的侍候他，替他脱衣服，还要受他的骂！唉，现在不同了！时代变了，丈夫却要等待着妻子了！你看，每回都是我等待你。我哪一次晚回来过，有劳你等过门？"

她抬起头来应道："自然喽，现在是现在的样子！男子们舒服好久了，现在也要轮到我们女子了！"

他噗哧的一声笑了，她也笑了。

如此的，他们每隔二三个礼拜总要争闹一次。

这一次，她是在楼上打牌。她的二姐因为没事做，气闷不过，所以临时约了几个人来打小牌玩玩。第一个自然是约她了。因为是临时约成的，所以没有预先告诉他。他下午回家手里拿着一包街上买的他的妻爱吃的糖炒栗子，还是滚热的，满想一进门，就扬着这包栗子，向着他的妻叫道："你要不要？"不料他的妻今天却没有立在房门口，又听见楼上啪，啪，啪的打牌声及说笑声，知道她一定也在那里打牌了，立刻便觉得不高兴起来，紧皱着双眉。

他什么都觉得无题，读书，做文，练习大字，翻译。如热锅上蚂蚁似的，东爬爬，西走走，都无着落处。又赌气不肯上楼去看看她。只叫蔡妈把那包栗子拿上楼去，意思是告诉她，他已经回来了。满望她会下楼来看他一二次，不料她却专心在牌上，只叫蔡妈预备晚饭给他吃，自己却不动身，这更使他生气。"有牌打了，便什么事都不管了，都是假的，平常亲亲热热的，到了打牌时，牌便是她的命了，便是她的唯一的伴侣了。"他只管叽哩咕噜的埋怨着，特别怨她的是她今天打牌没有预先通知他。这个出于意外的离别，使他异常的苦闷。

书桌上镇纸压着一张她写的信；

> 我至亲至爱的清，你看见我打牌一定很生气的。我今天本来不想打牌。他们叫我再三我才去打的。并且你叫我抄写的诗，我都已抄好了半天了。你说要我抄六张，但是你所选的只够抄三张，你回来，请你再选些，我明天再替你抄。我亲爱的，千万不要生气。你生气，我是很难过的。这次真的我并没有想打牌。都是二姐她自己打电话去叫七嫂和陈太太，我并不知道。如果早知道，早就阻止她了。千万不要生气，我难道不爱你么？请你原谅我罢！你如果生气，我心中是非常的不安的！二姐后来又打一次电话去约七嫂。她说，明天来。约我在家等她。二姐不肯，一定要她来。我想宁可今晚稍打一会，明天就不打了。因为明天是你放假的日子，我不应该打牌，须当陪你玩玩，所以没有阻止她，你想是么？明天一块去看电影，好么？我现在向你请假了。再会！
>
> 你的眉

他手执这封信，一行一行的看下去，眼睛渐渐朦胧起来，不觉的，一大滴的眼泪，滴湿了信纸一大块。他心里不安起来。他想：他实在对待眉太残酷了！眉替他做了多少事情！管家记账，打绒线衣服，还替他抄了许多书，不到一年，已抄有六七册了。他半年前要买一部民歌集，是一部世间的孤本，因为嫌它定价略贵，没有钱去买，心里又着实的舍不下，她却叫他向书坊借了来，昼夜不息的代他抄了两个多月，把四大厚册的书全都抄好了。他想到这里，心

里难过极了！"我真是太自私了！太不应该了！有工作，应该有游戏！她做了一个礼拜的苦工，休息一二次去打牌玩玩，难道这是不应该么？我为什么屡次的和她闹？唉，太残忍了，太残忍了！"他恨不得立刻上楼去抱着她，求她宽恕一切的罪过，向她忏悔，向她立誓说，以后决不干涉她的打牌了，不再因此埋怨她了。因为碍着别人的客人在那里，他又不敢走上去。他想等她下楼来再说罢。

时间一刻一刻的过去。他清楚的听着那架假大理石的时钟，的嗒的嗒的走着，且看着它的长针一分一分的移过去。他不能看书，他一心只等待着她下楼。他无聊的，一秒一秒的计数着以消磨这个孤寂的时间。夜似乎比一世纪还长。铛，铛，铛，已经十一点钟了。楼上还是啪，啪，啪的打着牌，笑语着，辩论着，不像要终止的样子。他又等得着急起来了！"还不完，还不完！屡次告诉她早点打完，总是不听话！"他叹了一口气，不觉的又责备她起来。拿起她的信，再看了一通，又叹了一口气，连连的吻着它，"唉！我不是不爱你，不是不让你打牌，正因为爱你，因为太爱你了，所以不忍一刻的离开你，你不要错怪了我！"他自言自语着，好像把她的信当作她了。

等待着，等待着，她还不下来。楼上的洗牌声瑟啦瑟啦的响着，几个人的说笑，辩论，计数的声音，隐约的由厚的楼板中传达到下面。似乎她们的兴致很高，一时决不会散去。他无聊的在房里踱来踱去，心里似乎渴要粘贴着什么，却又四处都是荒原，都是汪汪的大洋，一点也没有希望。

十二点钟了，她们还在啪，啪，啪的打牌，且说着笑着。"快乐"使她们忘了时间的长短，他却不能忍耐了。他恨恨的脱了衣服，钻到被中，却任怎样也不能闭眼睡去。"唉！"他曼声的自叹着，睁着眼凝望着天花板。

原载1928年远东图书公司版《家庭的故事》

书之幸运

　　天一书局送了好几部古书的头本给仲清看。一本是李卓吾评刻的《皖纱记》的上册，附了八页的图，刻得极为工致可爱。送书来的伙计道："这是一部不容易得到的传奇。李卓吾的书在前清是禁书。有好些人都要买它呢。您老人家是老交易，所以先送来给您老人家看。"又指着另外一本蓝面子、洁白的双丝线订着的《隋唐演义》，道："这是褚氏原刻的，头本有五十张细图呢，您老人家看看，多末好，多末工细！"说着，便翻几页给他看，"一页也不少，的确是原刻的，字迹一点也不模糊，边框也多末完整。我们老板费了很贵的价钱，昨天才由同行转让来的，刚才拿到手呢。"又指着一本很污秽的黄面子虫蚀了好几处的书道："这是明刻的《隋炀艳史》，外面没有见过。今早才放进来，还没有装订好呢。您老人家如要，马上就可以去装订。看看只有八本，衬订起来可以有十六本，还是很厚的呢。老板说，他做了好几十年的生意，这部书

还不曾买过呢。四十回，每回有两张图，共八十张图，都是极精工的。"又指着一本黄面子装订得很好看的书道："这是《笑史》，共十六册，龙子犹原编，李笠翁改订的，外间也极少见。"这位伙计是晓得他极喜欢这一类的书，且肯出价钱，所以一本本的指点给他看。此外还有几部词选，都是不大重要的。

仲清默默的坐在椅上，听着伙计流水似的夸说着，一面不停手的翻着那几本书。书委实都是很好的，都是他所极要买下的，那些图他尤其喜欢。那种工致可爱的木刻，神采奕奕的图像，不仅足以考证古代的种种制度，且可以见三四百年前的雕版与绘画的成绩是如何的进步。那几个刻工，细致的地方，直刻得三五寸之间可以容得十几个人马，个个须眉清晰，衣衫的襞痕一条条都可以看出；粗笨的地方，是刻的一堆一堆的大山，粗粗几缕远水，却觉得逸韵无穷，如看王石谷、八大山人的名画一样。他委实的为这部书所迷恋住了。但外面是一毫不露，怕被伙计看出他的强烈的购买心，要任意的说价，装腔的不卖。

"书倒不大坏；不过都是玩玩的书，没有实用。"他懒懒的装着不大注意的说着。

"虽然是玩玩的书，近几年买的人倒不少，书价比以前贵得好几倍了呢。"伙计道。

"李卓吾的《浣纱记》多少钱?那几部多少钱？"

伙计道："老板吩咐过的，您老人家是老交易。不说虚价。《浣纱记》是五十块钱，《隋唐演义》是三十块钱，《隋炀艳史》是八十块钱，《笑史》是五十块钱，……"他正要再一部的说下去，仲清连忙阻挡住他道："不必再说了，那些我不要。"

"价钱真不贵，不是您老人家，真的不肯说实价呢。卖到东洋去，《浣纱记》起码值得一百块钱。《隋炀艳史》起码得卖个两三百块……。"

仲信心里嫌着太贵，照他的价钱计算起来，共要二百块钱以上呢，一时哪里来这许多钱去买！且买了下来，知道宛眉一定又要生气的。心里十分的踌躇，手却不停的翻翻这本，翻翻那本，很想狠心一下，回绝那个伙计说："我不要买，请送给别人家去！"却又委实的舍不得那几部书归入别人的书室中。踌躇了好一会，表面上是假饰着仔细的在翻看那些书，实则他的心思全不注在书上。

伙计站在他旁边等候着他的回话。

"这几部书都是一点也不残缺的么？没有缺页，也没有破损么？"他随意的问着伙计。

"一点都没有，全是初印最完全的。我们店里已经检查过了，一页也不映。缺了一页，一个钱都不要，您老人家尽管来退。您老人家是老交易，一点也不会欺骗您老人家的，您老人家放心好了。"

"那末，把这三部书的头本先放在这里吧。"说时，他把《浣纱记》《隋唐演义》《隋炀艳史》另放在一边，"其余的你带回去。价钱，我停一刻去和你们老板面议，还要去看看全书。"

"好的，好的。"伙计带笑的说道，好像他的交易已经成功了，"请您老人家停一刻过来。价钱，老板说是一定不减的。这部《笑史》也给您老人家留下吧，这部书很少见的，有人要拿去做石印呢。"伙计拿起《笑史》也要把它放在《浣纱记》诸书一堆。他连忙摇头道："这部我不要，没有用处，你带给别人家看吧。"伙计缩回手，把它和其他拣剩的书包在一个包袱中，说着"再见，您老人家"，而去了。他点点头。仍旧坐下去办他的公事，心里十分踌躇着买不买的问题。

他的妻宛眉因为他的浪买书，已经和他争闹过不止几十次了。

"又买书了！家里的钱还不够用呢。你的裁缝账一百多块钱还没有还，杭州的二婶母穷得非凡，几次写信来问你借几十块钱。你有钱也应该寄些给她用用。却自己只管买书去！现在，你一个月，一个月，把薪水都用得一文不剩，且看你，一有疾病时将怎么

办！你又没有什么储蓄的底子。做人难道全不想想后来！况且，书已经有了这许多了。"她说时指着房间的七八个大书架，这间厢房不算小，却除了卧床前面几尺地外，无处不是书，四面的墙壁都被书架遮没着，只有火炉架上面现出一方的白色。"房间里都堆得满满的了，还买书，还买书，看你把它们放到哪里去？"她很气愤的说着，"下次再买，我一定把你的什么书都扯碎了！"她的牙紧咬着，狠狠的顿一顿足。

他低头坐在椅上，书桌上放着一包新买来的书，沉默不言，任她滔滔的诉说着。

"这些书都是要用的，才买来。"他等着她说完了。抗辩似的回答了一句，但心里却十分的不安，他自己忏悔，不该对他的妻说言不由衷的话；他买的书，一大半是随意的购买，委实不是什么因为要用了才去买的。

"要用，要用，只听见你说要用，难道我不晓得你么？你买的都是什么小说，传奇，这些书翻翻而已，有什么实用！"

"你怎么知道没有用？我搜罗了小说是因为要做一部《中国小说考》，这部书还没有人做过呢。"

他的妻气渐渐的平了："难道别处都没有地方借么？为什么定要自己一部一部的买？"

"借么？向哪里去借？那末大的一个上海，哪里有一座图书馆给公众使用？有几家私人的藏书室，非极熟的人却不能进去看，更不用说借出来了。况且他们又有什么书？简直是不完不备的。我也去看过几家了，我所要的书，他们几乎全都没有。怎么不要自己去买呢！唉！在中国研究什么学问，几乎全都是机会使他们成功的。寒士无书可读，要成一个博览者真是难于登天呢！"他振振有词的如此的说着，他的妻倒弄得没有什么话可说了。

"不过为了做一部书而去买了那末多的书来，也实在不合算。书店买不买你那部书还是问题，即使买了，三块钱一千字，二块钱一千字的算着，我敢担保定你买书的花的钱是决计捞不回来了，工夫白费了是当然！"他的妻恳挚的劝着。

"我也何尝不知道。他们乱写了一顿，什么诗，什么小说，出了一二部集子倒立刻有了大作家的称号，一般青年盲目的崇拜着，书铺里也为他们所震吓，有稿子不敢不买了。辛辛苦苦的著作者却什么幸运都没有遇见。唉，晚世间上的事都是如此。谁叫得响些，谁便有福了。以后，再不买什么楞什子的书了，读书买书有什么用!"

"非必要的书少买些就好了，何必赌咒说不买书呢。别人的事不去管它，你只自己求己心之所安而已。"他的妻安慰着他说。

"不过，你说的话真未必见得靠得住的。现在说一定不买，你看不到几天，一定真又要一大包一大包的买进家了。"

他被他的妻说着了真病，倒说得笑起来了。

不多几天，他又买了一大包的书回家了。一大半是随手的无目的的买来的。他的妻见了，又生气起来："你真的一个钱在身边也留不住，总要全都送了出去才安心！家用没有了，叫我去想什么方法。你却又买了一大包的书回来！"她气恼的从架上取了一本书抛在地上，"一定要把它们都扯碎了，才可出我的一口气。"说着，又抛了一本书在地上却究竟不忍实行她的扯碎的宣言。他伏下去一本一本的拾起来。仍旧安放在架上，心思却也难过起来，暗暗的恨着自己太不争气了，太无决心了，太喜欢买书了，买了许多不必用的书，徒然摆在架上装装样子，一面却使他经济弄得十分穷困。他叹了一口气，自己怨艾着。他的妻坐在椅上默默的无言，两行清泪挂下了她的双颊。他走近她身边．俯下身去，吻她的发，两手紧握着她，忏悔的说："真对不住，真对不住，又使你生气了！我实在自己太无自制力了。见书就买，累你伤心。我心里真是难过，下次决计再不到书店里去了。"他又咬着牙顿顿足的誓道："下次再去的不是人！"他的妻仰头望着他，双眼中泪珠还是满盈盈的。

象这样的，一年来不止有几十次了。仲清好买书的习惯总是屡改不悛。正和他的妻宛眉打牌的习惯一样。

"你少买书，我就少打牌。"

"你不打牌，我也就不买书。"他们俩常常的这样牵制的互约着，却终于大家都常常的破约，没有遵守着。

现在，仲清要买的书，价钱太大了，他身上又没有几块钱剩下。买不买的问题，总在他心上缭绕着。这一天，恰好宛眉又被他五姨请去打牌了，他又得空到天一书局去走一趟。老板见了他来，很恭敬的招呼着他，刚才送书来的伙计也在那里，连忙端了一张凳来请他坐，又送了一杯茶来。

"您老人家请用茶，我到栈房里拿书给您。"那个伙计说着出店门去了。

"这几部书真是不容易见到。我做了好几十年的生意了，还不常遇见。《隋唐演义》卖出三部，李卓吾批的《浣纱记》只见过一次，那样好的《隋炀艳史》却简直未曾见过。不是您，真不叫人送去看。赵三爷不知听见谁说，刚才跑来，要看这几部书，我好容易把他回绝了。刘鼎文也正在收买这些小说传奇。不过他们都是买去点缀书架的，不象您是买去用的。"老板这样滔滔的说着。

"那几部书倒委实不坏，不过你们的价钱未免开得太大了。"

"不大，不大。不瞒你说，不是您老主顾，真的不肯说实价呢。这种书东洋人最要买，他们的价钱真出得不低。不过我们中国的好东西，不瞒您说，我实在有些不愿意使它们流入异邦。所以本店不大和东洋人来往。不象他们，往往把好书都卖给外国人了。象他们那末样不知保存国粹的做着，不到几十年，恐怕什么宋版元钞，以及好一点的小说，传奇．都要陈列在他们外国人的家里去了。唉，唉，可叹！可叹！"老板似乎很感慨的说着，频频摇着他的光头。

仲清不好说什么，只默默的遥瞩着对面架上的书。慢慢的立起身来，走近架边，无目的的翻翻架上的书，又看看他们标着的价目。

伙计抱了一包的书回到店里来："你老人家请来看，一页缺残也没有，只有一点虫蚀的地方。不要紧，我们会替您老人家修补好的。"

他一本一本的把这三部书都翻看了一遍，委实是使他愈看愈爱。《隋炀艳史》上还有好几幅很大胆的插图，是他未在别的书图上见过的。每本书，边框行格都是完完整整的，并无断折，一个个字那是锋棱钢利，笔画清晰，墨色也异常的清浓，看起来非常的爽目。一页一页的似乎伸出手来，要招致他来购买它。他心里强烈的燃着购买的愿望，什么宛眉的责难，经济的筹划，他都不计及了。然他表面上却仍装出可买可不买的样子。

"书实在不坏，只是价钱太贵了，不让些是难以成交的。这种玩玩的书，我倒不一定要买，如果便宜了，便买，贵了，犯不着买，只好请你们送到别家去吧。"

老板道："价钱是实实的，一个也不能让。不瞒您说，《隋唐演义》我是花了二十五块钱买下的，《浣纱记》是我花四十块钱买下的，《隋炀艳史》却花了我五十块钱，都是从一个公馆里买来的。除了我，别一家真不肯出那末大的价钱去买它们的。我辛苦了一场，二三十块钱，您总要让我挣的。这一次您别让价了。下次别的交易上，我们吃亏些倒可以。这次委实是来价太贵，不能亏本卖出。"

他明晓得秃头老板说的是一派谎话，却不理会他，假装着不热心要买的样子，说道："那末，请你的伙计明天到我公事房里把头本拿去吧。太贵了，我买不起。"

老板沉下脸，好象很失望的样子，说道："您说说看，能出多少钱？"

"一百块钱，三部书，《隋炀艳史》要衬订过。"

老板摇摇头道："不成，不成，实在不够本钱。我本没有向您要过虚价。对不起，请您作成了我，不要让价了。大家是老交易，不瞒您说，有好书我总是先送给您看的。"

他很为难，想不到老板这样强硬，知道价是一定不能多让的了。

"那末，多出了十块钱，一百十块，不能再多了。我向来是很直爽的，不喜欢多讲价。"

"是的，我晓得您。不过这一次委实是吃亏不起。您是老顾主，既然如此，我也让去十块吧，一共一百四十块。不能再吃亏了。"

他懒懒的走到店门口，跨足要到街上去。心里却实实的欢喜这几部书，生怕被别人抢夺去了。"我再加十块钱，一共一百二十块，不能再加了。"

"相差有限，请你再加十块钱，就把书取去吧。"

他知道交易可成了，只摇摇头，仍欲跨出店门，"一个钱也不能再加了，实在不便宜了。"

老板道："好了，好了，大家老交易，替您包好了，《隋炀艳史》先放在这里，订好了再送上。"

伙计把《隋唐演义》《浣纱记》包好了递给他，说道："我替您老人家叫车去，是不是回家？"

他点点头，伙计叫道："黄包车，海格路去不去？多少钱？"

"今天钱没有带来，隔几天钱取来再给你吧。"他对老板道。

"不要紧，不要紧，您随便几时送下都可以。"老板恭敬的鞠躬一下，几乎有九十度的弯下，光光的秃头，全部都显现出；送到门口，又鞠躬了一下，看他上车走了才进去。

他如象从前打得了一次胜仗，占了敌国一大块土地似的喜悦着，双手紧紧的抱着那一包书。别的问题一点也没有想起。

他到了家，坐在书桌上，只管翻阅新买来的几部书，心里充满了喜悦，也没有想起他的妻在外打牌的事。平常时候的等待时的焦闷与不安，这时如春初被日光所照射的残雪，一时都消融不见了。"实在买的不贵，"他暗自想着。

阅了许久，许久，才突然的想起了经济的问题。"怎么样呢？一百二十块钱，一块都还没有着落呢！"他时时的责怪自己的冒失，没有打算到钱，却敢于去买书。自己暗暗的苦闷着后悔着，想同宛眉商议。又怕她生气，责备。

他从来没打开口向人借过钱，这时却不由得不想到"借"的一条路上去了。这是一条唯一的救急的路。

向谁去借呢？叫谁去借呢？他自己永没有向人开口过，实在说不出，只好请宛眉去。这一次已经买了，总得还钱，挨些气也无法。叫她到五姨那里去借，五姨没有，再向二舅去，总可以有。"唉，这样的盘算着，真是苦恼！下次再不冒失去买书了！"

懒懒的在灯下翻着新买的书，担着一肚子的忧苦，怕宛眉回来听了，要大怒起来，不肯去借。

嗒，嗒，嗒，门环响着，他知道是他的妻回来了。他心脏加速的猛烈的跳着。"蔡妈，开门，开门！"他的妻如常的叫道。

蔡妈开了门，她匆匆的走进房，见他独坐在灯下，问道："清，你还没有睡？在看书么？"他点点头，怀着一肚子鬼胎。她走近他，俯头吻了他一下，回头见书桌上放着一堆书，问道："你又买了书么？"他点点头，心里扰乱起来。

"多少钱？你昨天说身边一个钱也没有了，怎么又有钱去买书？是赊账的么？千万不要在外面赊账！你又没有额外的收入，这一笔账怎么还法？唉！又买书！"见他呆呆的如有所思的坐在椅上，一句话不响，便着急的再追问道："怎么不说话？是不是赊账买来的？回答一声说：'不是'，也可以使我宽心些！"

他心上难过极了，如果有什么地洞可逃，他一定逃下去了。她见他仍旧呆呆的坐在椅上不言语，便颤声的说道："唉！你还是不

说话！想什么心事，是不是赊账买的？请你告诉我一声！说，'不是'，说'不是'！唉!"

他硬了头皮，横了心，摇摇头。她喜悦的说道："那末，不是赊账的了。是不是？"他点点头。她向前双手抱着他，说道："好的清，我的清，这样才对！买书不要紧，有多余的钱时可以去买。千万不要负债！"

他沉默着，什么话都说不出口。

全夜在焦苦、追悔、自责中度过。

第二天清早，他起床了，他的妻还在睡。他们没有说什么话。午饭时，他回家吃饭。饭后，坐在书桌上翻阅昨天买来的《隋唐演义》，一面翻着，一面想同他的妻说话，迟疑了半天，才慢吞吞嗫嚅的说道："你能否替我到五姨那里借一百二十块钱来？这几天我要用。"他的眼不敢望着她，只凝视着书页，一面手不停的在翻着，虽然假装着很镇定，心却扑扑的跳着，等待她回答。

"什么用，借钱？你向来没有问过人借钱。"她诧异的问。

他不声不响，手不停的翻着书页。

"什么用要借钱？你说，你说！不说用途，我不去借。"

他只是不声不响，眼望着书页。

"晓得了，是不是要借去买书，还书店的账？除此之外，你不会有别的用途。"

他点点头，等候着她的责备。真的她生气起来，把桌上的书一本一本的抛在地上，"一天到晚只想买书！这个脾气老是不改，我已不知劝说了多少次了！唉，唉！最好把饭钱房钱也都买书去，大家饿死就完了"。她伏着头在桌上，声音有些哽咽。他心里很难过，俯下身去拾书，说道："不要把这些书糟蹋了，价钱很贵呢。"

她抬起头来问道："多少钱？是不是借钱就去买这些书？"

他点点头，承认道："是的。"把一本书拿到地面前，指点给她听，"共买了三部书，实在不贵，一百二十块钱。你看，这些画多末工致！如果我肯转卖了，一定可以赚钱。"

她不声不响，接过了书翻了一会。她的眼凝注着他的脸，见他愁眉不展的样子，心里委实不忍。她的气平下去了，叹了一口气道："为了买书去借钱，唉，下次再不可如此了。没有钱便不要买。欠账是最不好的事！这次我替你去借惜看。五姨也不是很有钱的，姨夫财政部里的薪水又几个月没有发了。能不能借来，还是一个问题呢。"

他脸上露出一线宽慰的笑容。"五姨那里没有，二舅那里去问问，他一定会有的。"

"你下次再不可这样冒失的去买书了。"她再三的吩咐着。

他点点头，不停手的在翻着书页。似乎一块大石已在心上落下。

原裁1928年远东图书公司版《家庭的故事》

淡　漠

　　她近来渐渐的沉郁寡欢，什么事也懒得去做，平常最喜欢听的西洋文学史的课，现在也不常上堂了。平常她最活泼，最愿意和几个同学在草地上散步，或是沿着柳荫走着，或是立在红栏杆的小桥上，凝望着被风吹落水面的花瓣，随着水流去，现在她只整天的低了头坐着，懒说懒笑的，什么地方也不去走。她的同学们都觉察出她的异态。尤其是她最好的女同学梁芬和周好之替她很担心，问她又不肯说什么话。任她们说种种安慰的话，想种种法子去逗她开心，她只是淡漠的毫不受感动。

　　有一天，探芬手里拿着一封从上海来的信，匆匆的跑来向她说道：

　　"文贞，你的芝清又有信给你了，快看，快看！"

　　她懒懒的把信接过来，拆开看了，也不说什么话，便把它塞在衣袋里。

梁芬打趣她道："怎么？芝清来信，你应该高兴了！怎么不说话？"

她也不答理她，只是摇摇头。

梁芬觉得没趣，安慰了她几句话，便自己走开去了。

她又从衣袋里把芝清的信取出看了一遍，觉得无甚意思，便又淡漠的把它抛在桌上。

无聊的烦闷之感，如霉菌似的爬占在她的心的全部。桌上花瓶里，插着几朵离枝不久的红玫瑰花；日光从绿沉沉的梧桐树荫的间隙中射进房里，一个校役养着的黄莺的鸟笼，正挂在她窗外的树枝上，黄莺在笼里宛转的吹笛似的歌唱着。她什么也听不见，看不见，只见闷闷的沉入深思之中。

她自己也深深的觉察到自己心的变异。她不知道为什么近来淡漠之感，竟这样坚固而深刻的盘踞在她的心头？她自己也暗暗的着急，极想把它泯灭掉。但是她愈是想泯灭了它，它却愈是深固的占领了她的心，如午时山间的一缕炊烟，总在她心上袅袅的吹动。

她在半年之前，还是很快活的，很热情的。

她和芝清认识，是两年以前的事。那时他们都在南京读书。芝清是南京学生联合会主席，她是女师范的代表。他们会见的时候很多，谈话的机会也很多。他们都是很活泼，很会发议论的。芝清主张教育是神圣的事业，我们无论是为了人类，为了国家，都应该竭力去创办一种理想的学校，以教育第二代的人民。有一次，他们坐在草地上闲谈，芝清又慨然的说道：

"我家乡的教育极不发达。没有人肯牺牲了他的前途，为儿童造幸福。所有的小学教员，都是家贫不能升学，惜教育事业以搪塞人家，以免被乡人讥为在家坐食的。他们哪里会有真心，又哪里有什么学识办教育？我毕业后定要捐弃一切，专心在乡间办小学。我家有一所房子，建筑在山上，四面都是竹林围着，登楼可以望见大海。溪流正经过门前，坐在溪旁石上，可以看见溪底游鱼；夏天卧

树荫下，静听淙淙的水声，真是'别有天地非人间'。屋后又有一块大草地，可以做操场。真是天然的一所好学校呀！只……"他说时，脸望着她，如要探索她心里的思想似的。停了一会，便接下去说道：

"只可措同志不容易找得到。在现在的时候，谁也是为自己的前途奔跑着，钻营着，岂肯去做这种高洁的事业呢，文贞，你毕业后想做什么呢？"

她低了头并不回答他，但心里微微的起了一种莫名的扰动，她的脸竟涨得红红的。

沉默了一会，她才低声说道：

"这种理想生活，我也很愿意加入。只不知道毕业后有阻力没有？"

芝清的手指，这时无意中移近她的手边，轻轻的接触着，二人立刻都觉得有一种热力沁入全身心，险都变了红色。她很不好意思的慢慢把手移开。

经了这次谈话后，他们的感情使较前挚了许多。同事的人，看见这种情形，都纷纷的议论着。他们只得竭力检点自己的行迹，见面时也不大谈话；只是通信却较前勤得多了，几乎每天都有一封信来往。

他们心里都感到一种甜蜜的无上的快乐。同时，却因不能常常见面，见面时不能谈话，心里未免时时有点难过。

她从他的朋友那里，得到他已结过婚的消息。他也从她的朋友那里，知道她是已经和一位姓方的亲戚订过婚的。虽然他们因此都略略的有些不高兴，都想竭力的各自避开了，预防将来发生什么恶果，然而他们总不能除却他们的恋感，似乎他们各有一丝不可见的富于感应的线，系住在彼此的心上。愈是隔离得久远，想念之心愈是强烈。

时间流水似的滚流过去，他们的这种恋感，潜入身心也愈深愈固。他们很忧惧。预防这恶果的实现，只是时间上的问题。他们似乎时时刻刻都感有一种潜隐的神力，要推通他们成为一体。他们心里时时刻刻都带着凄然的情感，各有满肚子的话要待见面时倾吐，而终无见面的机会。便是见面了，也不象从前的健谈，谁都默默的，什么话也说不出，四目相对了许久，到了别离时，除了虚泛的问答外，仍旧是一句要说的话也没有诉说出来。

他们都觉得这种情况是决不能永久保持下去的。

他们便各自进行，要把各自的婚姻问题先解决了。在道德上，在法律上，都是应该这样做的。

他的问题倒不难解决，他的妻子是旧式的妇人。当他提出离婚的要求时，她不反抗，也不答应，只是低声的哭，怨叹自己的命运。后来他们的家庭，被芝清逼促得无可如何，便由两方的亲友出面，在表面上算是完全答应了芝清的要求。不过她不愿意回娘家，仍旧是住在他的家里，做一个食客。芝清的事总算是宣告成功了。

解决她的问题，却有些不容易。她与她的未婚夫方君订婚，原是他们自己主动的。他们是表兄妹。她的母亲是方君的二姨母。他们少时便在一起游戏，在同一的私塾里读书。后来他们都进了学校。当他在中学毕业时，她还在高等小学二年级里读书。

五年前的暑假，他们同在他们的外祖父家里住。这时她正刚毕业。

他们互相爱恋着。他私向她求婚，她差涩的答应了他。后来他要求他母亲向姨母提求正式婚议。他们都答应了。他们便订下正式的婚约。她很满意；他在本城是一个很活动的人物，又是很有才名的。

暑假后，她很想再进学校，他便极力的帮助她。她到了南京，进了女子师范。他们的感情极好，通信极勤。遇到暑假时，便回家相见。

自五四运动爆发后，他们的这种境况便完全变异了。她因为被选为本校的代表，出席于学生会之故，眼光扩大了许多，思想也与前完全不同，对于他便渐渐的感得不满意。后来她和芝清发生了恋

爱，对于他更是隔膜，通信也不如从前的勤了。他来了三四封信，她总推说学生会事忙，只寥寥的勉强的复了几十字给他。暑假里也不高兴回去。方君写了一封极长的信给她，诉说自己近来生了一场大病，因为怕她着急，所以不敢告诉她。现在已经好了，请她不要挂念。又说，他现在承县教育局的推荐，已被任为第三高等小学的校长。极希望她能够在假期内回来一次。他有许多话要向她诉说呢！但她看了这封信后，只是很淡漠的，似乎信上所说的话，与她无关。她自己也觉得她的感情现在有些变异了！她很害怕；她知道这种淡漠之感是极不对的，她也曾几次的想制止自己的对于芝清的想念，而竭力恢复以前的恋感。但这是不可能的。她愈是搜寻，它愈是逃匿得不见踪痕。

她在良心上，确实不忍背弃了方君，但同时她为将来的一生的幸福计，又觉得方君的思想，已与自己不同，自己对于他的爱情又已渐渐淡薄，即使勉强结合，将来也决不会有好结果的；似不应为了道德的问题，牺牲自己一生的幸福。

这种道德与幸福的交斗，在她心里扰乱了许久。结果，毕竟是幸福战胜了。她便写了一封信，说了种种理由，告诉方君，暑假实不能回去。

她与芝清的事，渐渐的由朋友之口，传入方君之耳，他便写了许多责难的信来。这徒然增加她对他的恶感。最后，她不能再忍受，便详详细细的写了一封长信，述说自己的思想与志愿，并坚决的要求他原谅她的心，答应她解除婚约的要求。隔了几天，他的回信来了，只写了几个字；

"玉已缺不能复完，感情已变不能复联。解除婚约，我不反对。请直接与母亲及姨母商量。"

这又是一个难关。亲子的爱与情人的爱又在她心上交斗着。她知道母亲和姨母如果听见了这个消息一定要十分伤心的。她不敢使她们知道，但又不能不使她们知道。踌躇了许久，只得硬了头皮，写信告诉她母亲与表兄解约的经过。

她母亲与她姨母果然十分的伤心，写了许多信劝他们，想了种种方法来使他们复圆。后来还是方君把一切事情都对她们说了，并且坚决的宣誓不愿再重合，她们才死了心，答应他们解约。

他们的问题都已解决，便脱然无累的宣告共同生活的开始。

虽然有许多人背地里很不满他们的举动，但却没有公然攻击的。他们对于这种诽议，却毫不介意；只是很顺适的过着他们甜蜜美满的生活。

他们现在都相信人生便是恋爱，没有爱便没有人生了。他们常常坐在一张椅上看书，互相偎靠着，心里甜蜜蜜的。有的时候，他们乘着晴和的天气，到野外去散步。菜花开得黄黄的，迎风起伏，如金色的波浪。野花的香味，一阵阵的送来，觉得精神格外爽健。他们这时便开始讨论将来的生活问题，凭着他们的理想，把一切计划都订得妥当。

一年过去，芝清已经毕业了。上海的一个学校，校长是他很好的朋友，便来请他去当教务主任。

"去呢，不去呢？"这是他们很费踌躇的问题。她的意思，很希望他仍在南京做事，她说：

"我们的生活，现在很难分开。而且你也没有到上海去的必要。南京难道不能找到一件事么？你一到上海，恐怕我们的计划，都要不能实现了，还有……"

她说到这里，吞吐的说不出话来，眼圈红了，怔视着他，象卧在摇篮里的婴孩渴望他母亲的抚抱。隔了一会，便把头伏在他身上，泣声说道："我实在离不开你。"

他的心扰乱无主了。象拍小孩似的，他轻轻的拍着她的背臂，说道："我也离不开你，这事，我们慢慢的再商量吧。"她抬起头来；他们的脸便贴在一起，很久很久，才离开了。

他知道在南京很不容易找到事，就找到事也没有上海的好，不

做事原是可以，不过学校已经毕业，而再向家里拿钱用，似乎是不很好开口。因此，他便立意要到上海去。她见他意向已决，便也不再拦阻他，只是心里深深的感到一种不可言说的凄惨，与从未有过的隔异。因此，不快活了好几天。

芝清走了，她寂寞得心神不定。整天的什么事也不做，课也不上，只是默默的想念着芝清，每天都写了极长的甜蜜的信给芝清，但是要说的话总是说不尽。起初，芝清的来信，也是同样的密速与亲切。后来，他因为学校上课，事务太忙，来信渐渐的稀少，信里的话，也显得简硬而无感情。她心里很难过，终日希望接得他的信，而信总是不常来；有信来的时候，她很高兴的接着读了，而读了之后，总感得一种不满足与苦闷。她也不知道这种情绪，是怎样发生的。她原知道芝清的心，原想竭力原谅他的这种简率，但这种不满之感，总常常的魔鬼似的跑来扣她的心的门，任怎样也拆除不去。

半年以后，她也毕业了。为了升学与否的问题，她和芝清讨论了许久许久。她的意见，是照着预定的计划，再到大学里去读书，而芝清则希望她就出来做事，在经济上帮他一点忙。他并诉说上海生活的困难与自己勤俭不敢糜费，而尚十分拮据的情形。她很不愿意读他这种诉苦的话。她第一次感到芝清的变异和利己，第一次感到芝清现在已成了一个现实的人，已忘净了他们的理想计划。她想着，心里异常的不痛快。虽然芝清终于被她所屈服，然而二人却因此都未免有些芥蒂。她尤其感到痛苦。她觉得她的信仰已失去了，她的航途已如一片红叶在湍急的浊流上飘泛，什么目的都消散了。由彷徨而消极，而悲观，而厌世；思想的转变，如夏天的雨云一样快。此后，她一个活泼泼的人，便变成了一个深思的忧郁病者。

有一天，她独自在房里，低着头闷坐着，觉得很无聊，便提起笔来写了一封信给芝清：

"我现在很悲观！我正徘徊在生之迷途。我终日沉闷的坐在房里，课也不常去上；便走到课堂里，教师的声音也如蝇蚊之鸣，只在耳边扰叫着，一句也领会不得。

我竭力想寻找人生的目的，结果却得到空幻与坟墓的感觉；我竭力想得到人生的趣味，却什么也如炊死灰色的白汤，不惟不见甜腻之感，而且只觉得心头作恶要吐。

唉！芝清，你以为这种感觉有危险么？是的，我自己也有些害怕，也想极力把它扑灭掉。不过想尽了种种方法，结果却总无效，它时时的来鞭打我的心，如春燕的飞来，在我心湖的绿波上，轻轻的掠过去，湖面立刻便起了圆的水纹，扩大开去，漾荡得很久很久。没等到水波的平定，它又如魔鬼，变了一阵的凉飕。把湖水又都吹皱了。唉！芝清，你有什么方法，能把这个恶魔除去了呢？

亲爱的芝清，我很盼望你能于这个星期日到南京来一次。我真是渴想见你呀！也许你一来，这种魔鬼便会进去了。

这几天南京天气都很晴明，菊花已半开了。你来时，我们可以在菊园里散步一会，再到梧村吃饭。饭后登北极阁，你高兴么？"

她写好了，又想不寄去；她想芝清见了信，不见得便会对她表亲切的同情吧！虽然这样想，却终于把信封上了，亲自走到校门，把信抛入门口的邮筒里。

她渴盼着芝清的复信。隔了两天，芝清的信果然来了。校役送这信给她时，她手指接着信，微微的颤抖着。

芝清的信很简单，只有两张纸。她一看，就有些不满意；他信里说，她的悲观都因平日太空想了之故。人生就是人生，不必问它的究竟，也不必找它的目的。我们做一天和尚撞一天钟，低着头办事，读书，同几个朋友到外边去散步游逛，便什么疑问也不会发

生了。又说，上海的生活程度，一天高似一天。他的收入却并不增加，所以近来经济很困难。下月寄她的款还正在筹划中呢。南京之行，因校务太忙，恐不能如约。

她读完这封无爱感，不表同情的信，心里深深的起了一种异样的寂寞之感，把抽屉一开，顺手把芝清的信抛进去。手支着颐，默默的悲闷着。

她现在完全失望了，她感得自己现在真成了一个孤寂无侣的人了；芝清，她现在已确实的觉得，是与她在两个绝不相同的思想世界上了。

此后，她便不和芝清再谈起这个问题。但她不知怎样，总渴望的要见芝清。连写了几封信约他来，才得到他一封答应要于第二天早车来的快信。

第二天她起得极早，带着异常的兴奋，早早的便跑到车站上去接芝清。时间格外过去得慢，好容易才等到火车的到站。她立在月台上，靠近出口的旁边，细细的辨认下车的人。如蚁般的人，一群群的走过去，只看不见芝清。月台上的人渐渐的稀少了，下车的人，渐渐都走尽了。她又走到取行李的地力，也不见芝清，"难道芝清又爽约不来么？也许一时疏忽，不曾见到他，大概已经下车先到校里去了。"她心里这样无聊的自慰着。立刻跑出车站，叫车回校。到校一问，芝清也没有来。她心里便强烈的感着失望的愤怒与悲哀。第二天芝清来了一封信，说因为校里有紧急的事要商量，不能脱身，所以爽约，请她千万原谅。她不理会这些话，只是低着头自己悲抑着。

她以后便不再希望芝清来了。

她心里除了淡漠与凄惨，什么也没有。她什么愿望都失掉了。生命于她如一片枯黄的树叶，什么时候离开枝头，她都愿意。

原载1928年远东图书公司版《家庭的故事》

郑振铎

小说精品

第二辑

失去的兔

"贼如果来了，他要钱或要衣服，能给的，我都可以给他。"

一家人饭后都坐在廊前太阳光中，虽是十月的时候，天气却不觉十分冷。太阳光晒在身上，透进一缕舒适的暖意。微风吹动翠绿的竹，长竿和细碎的叶的影子也跟了在地上动摇着。两只红眼睛的白兔，还有六只小兔，在小小的园中东奔西跑的找寻食物。我心里很高兴，微笑的对着大家忽然谈起贼的问题。

二妹摇摇头笑道："世界上难有这样的好人。"

母亲笑道："你哥哥他真的会做出来。前年，我们刚搬到这里来时，正是夏天，他把楼上的窗户都洞开了，一点警戒的心也没有。一个多月没有失去一件东西。他大意的说道：'这里倒还没有贼'。不料到了第三天晚上，忽然被贼不费力的偷去了一件春大衣，两套哔叽的洋装，一件羽毛纱的衣服，还有一个客人的长衫。明早他起来了，不见了衣服，才查问了起来，看见楼廊上有一架照相箱落下，是匆促中来不及偷走的，栏杆外边的缘檐上有一块橡皮底鞋的印纹。他才知道了贼是从什么地方上来的。但他却不去报巡警，说道：'不要紧，让他拿去好了，我还有别的衣服穿呢。'你们看他可笑不可笑。后来贼被捉了，在警局里招出偷过某处某处。于是巡警把他们带来这里查问。一个是平常做生意人的样子，一个是很老实的老头子，如一个乡下初上来的愚笨的底下人。你哥哥道："东西已被偷去了，钱已被花尽了。还追问他们做什么？'巡警却埋怨他一顿，说他为什么不报警局呢。"

三妹道："哥哥对衣服是不希罕的，偷去了所以不在意。如果把他的书偷走了，看他不暴怒起来才怪呢！前半个月，我见他要找一本书找不到，在乱骂人，后来才记起来被一个朋友带走了。他咕咕絮絮的自言自语道：'再不借人了，再不借人了。自己要用起来，却不在身边！'"她一边说，一边学着我着急的样子，逗引得大家都笑了。

祖母道："你哥哥少时候真有许多怪脾气。他想什么，真会做出什么来呢。"

我正色的说道："说到贼，他真不会偷到书呢！偷了书，又笨重，又卖不得多少钱。不过我对于贼，总是原谅他们的。人到了肚皮饿得叫着时，什么事做不出来！我们偶然饿了一顿，或迟了一刻吃饭，已经忍耐不住了，何况他们大概总是饿了几顿肚子的，如何不会迫不得已的去做贼。有一次，我在北京，到琉璃厂书店里去，见一部古书极好，便买了下来，把身上所有的钱都用尽了，连回家的车钱都没有了。近旁又无处可借。那时恰好是午饭时候，肚里饥饿得好象有虫要爬到嘴边等候着食物的入口。我勉强的沿路走着。见一路上吃食店里坐客满满的，有的吃了很满足的出来，有的骄傲的走了进去。我几次也想跟了他们走进。但一摸，衣袋里是空空的，终于不敢走进。但看见热气腾腾的馒头饺子陈列在门前。听见厨房里铁铲炒菜的声音，铁锅打得嗒、嗒的声音，又是伙计们：

'火腿白菜汤一碗，冬菜炒肉丝一盘，烙饼十个，多加些儿油'的叫着，益觉得肚里饥饿起来，要不是被'法律'与'羞耻'牵住了，我那时真的要进去白吃一顿了。以此推之，他们饿极了的人，如何能不想法子去偷东西！况且，他们偷东西也不是全没有付代价的。半夜里人家都在被窝中暖暖的熟睡着，他们却战战瑟瑟的在街角巷口转着。审慎了又审慎，迟疑了又迟疑，才决定动手去偷。爬墙，登屋，入房，开箱，冒了多少危险，费了多少气力，担了多少惊恐。这种代价恐怕万非区区金钱所能抵偿的呢。不幸被捉了，还要先受一顿打，一顿吊，然后再坐监中几个月或几年。从此无人肯原谅他，无人肯有职业给他。'他是做过贼的'，大家都是如此的指目讥笑着他，且都避之若虎狼。其实他们岂是甘心做贼的！世上有许多人，贪官，军阀，奸商，少爷等等，他们却都不费一点力，不担一点惊，安坐在家里，明明的劫夺、偷盗一般人民的东西，反得了荣誉，恭敬，挺胸凸腹的出入于大聚会场，谁敢动他们一根小毫毛。古语说，'窃钩者诛，窃国者侯'，真是不错！"我越说越气愤，只管侃侃的说下去，如对什么公众演说似的。

"哥哥在替贼打抱不平呢，"三妹道。

"你哥哥的话倒还不错，做了贼真是可怜，"祖母道。

"况且，贼也不是完全不能感化的。某时，有一个官，知道了家里梁上有贼伏着，他便叫道：'梁上君子，梁上君子，请你下来，我们谈谈。'贼怕得了不得，战战兢兢的下梁来，跪在他面前求赦。他道：'请起来。你到这里来，自然是迫不得已的。你到底要用多少钱，告诉我，我可以给你。'这个出于意外的福音，把贼惊得呆了，他一句话也说不出，半晌，才嗫嚅的说道：'求老爷放了我出去，下次再不敢来了。'某官道：'不是这样说，我知道你如果不因为没有饭吃，也决不至于做贼的。"说时，便蹀进了上房，取出了十匹布，十两银子，说道：'这些给你去做小买卖。下次再不可做这些事了。本钱不够时，再来问我要。'贼带了光明有望的前途走了回去，以后便成了一个好人。我还看了一部法国的小说，它写一个流落各地的穷汉，有一次被一个牧师收在他家里过夜。他半夜时爬起床来偷了牧师的一只银烛台逃走了。第二天，巡警捉了这个人到牧师家里来，问牧师那只烛台是不是他家的。牧师笑道：'是的，但我原送给他两只的，为什么他只带了一只去？'这个流浪人被感动得要哭了。后来，改姓换名，成为社会中一个很著名的人物。可知人原不是完全坏的，社会上的坏人都是被环境迫成的。"

大家都默默无语，显然的是都同情于我的话了。太阳光还暖暖的晒着，竹影却已经长了不少。祖母道："坐得久了，外面有风，我要进去了。"

母亲，二妹，三妹都和祖母一同进屋去了，廊上只有我和妻二人留着。

"看那小兔，多有趣"，妻指着墙角引我去看。

约略只有大老鼠大小，长长的两只耳朵，时时耸直起来，好象在听什么，浑身的毛，白得没有一点污瑕，不象它们父母那末样已有些淡黄毛间杂着，两只眼睛红得如小火点一样，正如大地为大雪所掩盖时，雪白的水平线上只露出血红的半轮夕阳。我没有见过比它们更可爱的生物。它们有时分散开，有时奔聚在母亲的身边，有时它们自己依靠在一处，它们的哺，互相磨擦着，象是很友爱的。有时，它们也学大兔的模样，两只后足一弹，跳了起来。

"来喜，拿些菠菜来给小兔吃，"妻叫道。

菠菜来了，两只大兔来抢吃，小兔们也不肯落后，来喜把大兔赶开了，小兔们也被吓跑了。等一刻，又转身慢慢的走近来吃菜了。

"看小兔，看小兔，在吃菜呢。"几个邻居的孩子立在铁栅门外望着，带着好奇心。

妻道："天天有许多人在门外望着，如不小心，恐怕要有人来偷我们的兔子。"

"不会的，不会的，他们爬不进门来，"我这样的慰着妻，但心里也怕有失，便叫道："根才，根才，晚上把以前放兔子的铁笼

子仍旧拿出来，把兔子都赶进笼里去。散在园里怕有人要偷。"根才答应了。

第二天早晨，我下了楼，第一件事便是去看兔子，但是园里不见一只兔子的影子。再找兔笼子也不见了。

"根才，根才，你把兔笼放在哪里去了？"我吃惊的叫着。

"根才不在家，买小菜去了，"张妈答应道。

"你晓得根才把兔笼子放在哪里？"我问张妈。

"我不晓得，昨天晚上听见根才说，把兔子赶了半天，才一只一只捉进笼去。后来就不晓得他把笼子放在哪里了。"张妈答道。

我到处的找，园中，廊上，厅中，厨房中，后天井，晒台上，书房中，各处都找遍了，兔子既不见一只，兔笼子也无影无踪。

"该死，该死！一定被什么贼连笼偷走了。"我开始有些愤急了。

妻和三妹也下楼来帮找寻找，来喜也来找。明知这是无益的寻找，却不肯就此甘心失去。

我躺在书房中的沙发上，想念着：大兔们还不大可惜，小兔们太可爱了，刚刚是最有趣的时期，却被偷走了。贼呀，该死！该死！为什么不偷别的，却偷了兔去！能卖得多少钱？为什么不把兔拿回来换钱？巡警站在街上做什么的？见贼半夜三更提了兔笼走，难道不会阻止。根才也该死，为什么不把兔笼放到厅上来？

我咀咒贼，怨恨贼，这是第一次。我失了衣服，失了钱，都不恨；但这一次把可爱的小兔提走了，我却病痛的恨怒了他！这个损失不是金钱的损失！

……唉，大姐问我们要过，二妹的朋友也问我们要过，我都托辞不肯给，如今全都失去了。早知这样，还是分给人家的好。

"一定没有了，一定被贼偷去了！都是你，你昨天如果不叫根才把兔都捉进笼，一定不会全都失去的！散在园中，贼捉起来多么费力，他们一定不敢来捉的。现在好了，笼子，兔子，一笼子都被捉去了。倒便宜了贼，替他装好在笼里，提起来省力！"妻在寻找

[第二辑]

了许久之后．也进了书房，带埋怨似的说着。我两手捧着头，默默无言。

"小兔子，又有几只，一只，二只，"是来喜的声音，在园中喊着，我和妻立刻跳起来奔出去看。

"什么，小兔子已经找到了么？"我叫问着，心里突突的惊喜的跳着。

"不是的，是第二胎的小兔子，还很小呢，只生了两只，"来喜道。

墙角的瓦堆中，不知几时又被大兔做了一个窝，底下是用稻草垫着，草上铺了许多从母兔身上落下的柔毛，上面也是柔毛，做成一个穹形的顶盖，很精巧，很暖和，两只极小的小兔，大约只有小白鼠大小，眼睛还没有睁开，浑身的毛极薄极细，红的肉色显露在外，柔弱无能力的样子，使人一见就难过。

又加了一层的难忍的痛苦与悲悯。

母兔去了，谁给它们乳吃呢？难道看它们生生的饿死！该死的贼，该杀的贼；简直是犯了万恶不可赦的谋杀罪！

"根才怎么还不回来！快叫巡警去，一定要捉住这偷兔贼，太可恨了！叫他们立刻去查！快些把母兔捉回来！"我愤急的叫着。

"唉！只要贼肯把兔子送回呀，什么价钱都肯出，并且决不追究他的偷窃的罪！"我又似对全城市民宣告似的自语着。

我们把那两只可怜的小兔从瓦堆中提出，放在一个竹篮中，就当作它们的窝。

我不敢正眼看它们那种柔弱可怜的惨状。

"快些倒点牛奶给它们吃吧！"我无望的，姑且自慰的吩咐道。

"没有用，没有用，它们不肯吃的。

我着急的叫道："不管它们吃不吃，你去拿你的好了；不能吃，难道看它们生生的饿死！"

"少爷要，你去拿来好了。"妻说道。

牛奶拿来了，我把它们的嘴放在奶盘中。好象它们的嘴曾动了几动，后来又匍匐的浑身抖战的很费力的爬开了，丝毫没有要吃的意思。我摇摇头，什么方法也没有。

根才在大家忙乱中提了一大盘小菜进来。

"根才，你把兔笼子放在哪里的？"我道。

"根才，兔子连笼子都不见了！"妻道。

根才惶惑的说道："我把它放在廊前的，怎么会被偷了？"

我怒责道："为什么放在廊前？为什么不取来放在客厅上？现在，你看，"我手指着那两个未睁开眼睛的小兔说，"这两只小兔怎么办？都是你害了它们！"

根才无话可答，只摇摇头，半晌，才说道：平日放在园中都不会失去。太小心了，反倒不好了。"

我走进书房，取了一张名片，写上几个字，叫根才去报巡警，请他们立刻去找。

根才回来了，带了一句很简单的话来："他们说，晓得了。"

我心里很不高兴。妻道："时候不早了，你到公事房去吧。"

在公事房里，我无心办事，一心只记念着失去的兔，尤其是那两只留存的未睁开眼的小兔。我特地小心的去问好几个同事，有什么方法可以养活它们。又到图书馆，立等的借了几册论养兔的书来，他们都不能给我以一点光明。

午饭时，到了家，问道："小兔呢？怎么样了？"

"很好，还活泼。"妻道。

竹篮上盖了一张报纸，两只小兔在报纸下面沙沙的挣爬着，我不忍把报纸揭开来看。

下午，巡警还没有什么消息报告给我们。我又叫根才去问他们一趟。警官微笑的说道："兔子么？我们一定代你们慢慢的查好了，不过上海地方太大了，找得到否，我们也不如道。"

要他们用心去找是无望的了。他们怎么肯为了几只兔子去探访呢？

姐夫来了，他的家住在西门，我特地托他到城隍庙卖兔的地方去看看，有没有象我们家里的兔在那里出卖。

又一天过去了，姐夫来说，那里也没有一毫的影踪。恐怕是偷兔的人提了笼沿街叫卖去了。

两只小兔还在竹篮中沙沙的挣爬着。我一点方法也没有。又给牛奶它们吃，强灌了进去，不久又都吐了出来。

"唉，无望，无望！"我这样的时时叹息着。

祖母不敢来看小兔子，只说，"可怜，可伶，快些给它们奶吃。"

母亲拿了牛奶去灌了它们几次，但也无用。

到了三天了，竹篮里挣爬的声音略低了些，我晓得这两个小小的可怜的生物，临绝命之期不远了。但我不敢揭开报纸的盖去望望它们。

"有一只不能动了，快要死了，还有一只好一点，还能够在篮上挣爬。"午饭时三妹见了我这样说。

我见来喜用火钳把倒死在地上的那只小兔钳到外面。妻掩了脸不敢看，我坐在沙发上叹息。

"贼，可诅咒的贼！唉，生生的饿死了这只可怜的生物，真是万死不足以蔽辜！只要我能捉住你呀……"我紧紧的握着双拳，这样想着。如果贼真的到了我的面前，我一定会毫不踌躇的一举打了下去。

再隔一天，剩下的那只小兔也倒毙在竹篮中了。

"贼，该死的贼……"我咬紧了牙根，这样的诅咒着，不能再说别的话了。

"哥哥失去了兔子，比失去了什么都病心些；他现在很恨贼，大概不肯再替贼打抱不平了。"仿沸是三妹在窗外对着什么人说道。

我心里充满了痛苦，悲悯，愤怒与诅咒，抱了头默默的坐在书房中。

（原裁1928年远东图书公司版《家庭的故事》）

压岁钱

家里的几个小孩子，老早就盼望着大年夜的到来了。十二月十五，他们就都放了假，终日在家里，除了温温书，读读杂志，童话，或捉迷藏，踢毽子，或由大人们带他们出去看电影以外，便梦想着新年前后的热闹与快活。他们聚谈时，总提到新年的作乐的事，他们很早的就预算着新年数日间的计划。

小妹最活泼，两颊如苹果般的红润，大哥一回家便不自禁的要去抱她，连连的亲她，有时把她捉弄得着急起来要哭了，还不肯放松。她常拍着两手，咕嘟着可爱的嘴，撒娇似的说道："姊姊，大年夜怎么还不来？"三妹一年一年的长大了，现在不觉得已是一个婀娜动人的女郎了，便应道："不要性急！今天是十六，还有两个礼拜就是大年夜了。"

说到大年夜，那真是儿童们最快乐的一夜。他们见到许多激动而有趣的事与物，他们围着火堆，戴了花面具跳舞，他们有压岁钱，这些钱可以给他们自由花用。一切都是有味的，都是蕴蓄无穷的乐趣的。

近二十时，家里开始忙乱起来了，厨子买了许多鸡鸭鱼肉来；孩子们天天见他杀鱼杀鸡鸭，有的用盐腌，有的浸在酱油中，都觉得是平常所未有过的。隔了几天，瓦檐前已挂起许多腊货来了。家里的个个人都忙着，二妹三妹也去帮忙，只有小妹小弟和倍倍旁观者，有时带着诧异的神情望着，有时却不休的问着，问得大人们也都讨厌起来。

地板窗户都揩洗过了，椅上也加了红缎垫子，桌前围了红缎围布，铜的锡的烛台都用瓦灰擦得干干净挣；这是张妈，李妈，来喜们的成绩，母亲也曾亲自动手过。

大年夜一天天近了，孩子们一天天的益发高兴起来。二十八日，厨子带了一个大猪头来，这引动了孩子们的好奇心，窝蜂似围拢来看。母亲叫张妈取了一大盆水来，把猪头放在水盆中，母亲自己，来喜，张妈和二妹，每个人都手执一把钳子，去钳猪头上的细毛。费了半天的工夫才把猪头钳洗干净了。

二十九日，厨房里灯火点得亮亮的，厨子和李妈忙得没有一刻空闲，他们在蒸米粉做年糕。厨子拿了热气腾腾的大堆的糕团，在石臼中春搓；孩子们见他执了大石捶，一下一下，很吃力的春着，觉得他的气力真是不可思议的大。春完了，三妹首先问他要一点糕团来，掐做好些有趣的东西，人呀，兔呀，猴子呀，她都会做。小妹，小弟学样，也去问厨子要糕团。

"你们也要做什么？又不会做东西，"他故意的嗔责道。

小弟哭丧着脸，如受了重大打击似的，一声不响的站着，小妹却生气了。

"三姊有，我们为什么不能有？你怎么知道我不会做什么？告诉妈妈去，你敢不给我！"

厨子带笑的摘了两小块糕团给他们，一人给一块，说道："不

要气，同你玩玩，不要气。"小弟还咯嘟着嘴不大高兴。

大年夜终于到来了。

早上，一切的筹备都已就绪了。大家略略的觉得安闲些。大哥还要到公司里去做半天工，因为要到下午才放假。店家要账的人，陆续的来了，母亲和嫂嫂一个个的付钱，把他们打发走。到了午后，母亲在房里包压岁钱，嫂嫂和二妹三妹在祖宗牌位前面摆设香炉烛台；厨子在劈柴，一根根的劈得很细，来喜帮他把柴堆在天井中，很整齐的堆列着，由下堆到上。小妹，小弟和倍倍在房里围着大哥，抢着要他刚才买回家的种种花面具。

"我要那个红脸的。"小弟道。

"我要那个白脸有长胡子的。"小妹道。

倍倍伸了两只小手道："爹爹，我也要，我也要！"

大哥把红脸的给小弟，白脸有须的给小妹，剩下一个黑脸的给倍倍。孩子们拿了花面具，立刻嘻嘻哈哈的带到脸上去，各自欲吓别人。

"你长了胡子了，脸怎么白得和壁上的石灰一样？"

"你才好看哩，怕人的红脸，和强盗似的！"

倍倍不说话，带了黑的面具，立刻到大厅上去找他的母亲。"姆妈，姆妈，我的脸好看不好看？"他很起劲的说道。

"真有趣，黑黑的脸，倍倍，你这个花面具真好，谁买给你的？"

"爹爹，他给我的。"

说时，小弟，小妹也都跑来了，大厅上立刻充满了孩子们的笑声和哄闹声。

晚上，先供祭了祖先，大家都恭恭敬敬的跪拜着，哥哥却只鞠了三下躬。倍倍拜时，几乎是伏在地上，大家哄堂的笑了。然后，母亲带着小弟到灶下去。叫他取了火钳，在灶中钳了一块熊熊燃烧着的柴来，放在天井柴堆中。这个柴堆也烧了起来。黑暗的天井中，充满了火光，人影幢幢的往来。来喜把盐一把一把的掷在柴堆中，它便噼啪噼啪的爆响起来。小妹也学样，掷了不少盐进去。

母亲道："好了，不要再掷了。"她还是不肯停止。

大厅上摆设了桌子，大大小小都围在桌上吃年饭。没有在家的人，也设有座位，杯前也放着一副杯箸。天井中柴堆还只是烧着，来喜在那里照料。

饭后，母亲分压岁钱了，二妹三妹都是十块钱，小妹，小弟和倍倍，则每人一块钱，都用红纸包了。小弟接了钱，见只有一块，立刻失望的不高兴起来。

"姆妈答应过给我五块钱，去定一年《儿童画报》，还买一部滑冰车。怎么只有一块钱？我不要！"

说时，他把钱锵的一声抛在桌上。母亲道："做什么？你，大年夜还要发脾气！你看，小妹，倍倍都安安静静没有说一句话。"

小弟急得嘴边扁皱起来，快要哭了。

"大年夜不许哭，哭就打！"母亲道。

大哥连忙把小弟连劝带骗的哄到书房里来。

"不要着急，等一等我给你钱。哭，弟弟，你知道我小时有多少压岁钱？哪里象你们一样，有什么一块两块的！"

"有一年，当我才八九岁时，我在大年夜的前几天，就预算好新年要用的钱和要买的东西了。我和大姊道：'去年祖母给二百钱做压岁钱，今年我大了一岁，一定可以给我五百钱。我要买花炮放，还要买糖人，还要和你及他们掷状元红，今年一定要赢你的。'我一切都计划得好好的，五百钱恰好够用。

"到了大年夜了，我十分的快活，一心等候着祖母发压岁钱。饭后，祖母拿出一包包的红纸包，先递一包给大姊，又递一包给我。我一看，只有一百钱！那时，我真失望，好象跌入一个无底的暗洞中似的，觉得什么计划都打翻了；火炮糖人都买不成，状元红也不配掷了。

"我哭声的问祖母道：'今年压岁钱怎么只有一百钱，我不要！'

"祖母一句话也没有，眉毛紧皱着，好象有满脸心事似的。

"我见祖母不答应我，知道无望了，便高声的哭了起来。祖母道：'你哭你哭！要讨打了！大姊只有五十钱呢！她不哭，你哭！你晓得今年没有钱吗？'说时，她脸色凄然，好象倒也要下泪了。婶母见我哭了，连忙把我哄到她房里，说道：'乖乖的，不要哭，祖母今年实在没有钱，明年正月里一定会再给你的。'

"祖母在她房里自言自语道：'三儿钱还不寄来，只有两块钱了，今天又换了一块做压岁钱，怎么过日子！'她说时，声音有些哽咽了。婶母道：'你听，祖母说的话！她多疼爱你，有钱难道还不给你么？'

"我的气终于不能平下去。倒在床上抽噎了许久，才被婶母拉进房里去睡。那一个大年夜真是不快活的一个。第二天，听婶母对老妈子说，老太太昨夜曾暗自流泪了一回。后来，我见祖母开抽屉取钱发地保上门贺喜的，去望了一望，真的，她抽屉里只有一块钱，另外还有压岁钱分剩的几百钱，此外半个钱包没打了。这个印象我到现在还极深刻的留着。唉！我真不应该使祖母伤心！"

弟弟依在大哥怀里，默默的听着，在灯光底下，见大哥脸色很凄惨，眼角上微微的有几滴泪珠，书房里是死似的沉寂。

外面，大厅上，小妹和倍倍的喧闹，嘻笑的声音；时时的透达进来。

原载1928年远东图书公司版《家庭的故事》

五老爹

　　我们猜不出我们自己的心境是如何的变幻不可测。有时，大事变使你完全失了自己的心，狂热而且迷乱，激动而且暴勇，然而到事变一过去，却如暴风雨后的天空一样，仍旧蔚蓝而澄清；有时，小小的事情，当时并不使你怎样感动，却永留在你的心底，如墨水之渗入白木，使你想起来便凄楚欲绝；有时，浓挚的友情，牵住你一年半年，而一年半年之后，他或她的印象却如梅花鹿之临于澄清无比的绿池边一样，一离开了，水面上便不复留着他们的美影；有时，古旧的思念，却历劫而不磨，愈久而愈新，如喜马拉雅山之永峙，如东海、南海之不涸。

　　三十年中，多少的亲朋故旧，走过我的心上，又过去了，多少的悲欢哀乐，经过我的心头，又过去了；能在我心上留下他们的深刻的印象的有几许呢？能使我独居静念时，不时忆恋着的又有几许呢？在少数之少数中，五老爹却是一位使我不能忘记的老翁。他常

在我童年的回忆中，活泼泼的现出，他常使我忆起了许多童年的趣事，许多家庭的琐故，也常使我凄楚的念及了不可追补的遗憾，不忍复索的情怀。

是三十年了，是走到"人生的中途"了，由呱呱的孩提，而童年，而少年，而壮年；我的心境不知变异了几多次，我的生活不知变异了几多的式样，而五老爹却永远是那样可惊的不变的五老爹。长长的身材，长长而不十分尖瘦的脸，月白的竹布长衫，污黄的白布袜，慈惠而平正的双眼，徐缓而滞涩的举止，以至常有烟臭的大嘴，常有烟污的焦黄色手指，厚底的青缎鞋子，柔和的微笑，善讲善说的口才，善于作种种姿势的手足，三十年了，却仿佛都还不曾变了一丝一毫似的。去年的春天，我到故乡去了一次。五老爹知道我回去了，特地跑来找我。他一见了我，便道：

"五六年不见了，你又是一个样子了。听说你近来很得意。但你五老爹却还依然是从前一贫如洗的五老爹!……"

面前立的宛然是五年前的五老爹，宛然是三十年前的五老爹，神情体态都还不变，连头发也不曾有一茎白；足以表示五年的，三十年的岁月的变迁的，只有：他的背脊是更弓弯了。

这是我最后一次的见他。半个月后，我离了故乡。三四个月后，黄色封套，贴着一条蓝色封套，上写"讣闻"二大字的丧帖，突然的由邮局寄到。"前清邑廪生春浩府君痛于……"我翻开了丧帖一看便怔住了：想不到活泼泼的五老爹这末快便死去了。

后来听见故乡的亲友们传说，五老爹临死的两三个月，体态完全变了一个样子，龙钟得连路都走不动；又变成容易发怒，他的妻，我们称她为"姑娘"的，一天不知给他骂了多少次，甚至动手拿门闩来打她。亲戚们的资助，他自己不能去取了，便叫了大的男孩子去。有时拿不到，他便叨叨罗罗的大骂一顿，是无目的的乱骂。他们都私下说"五老爹变死"了。而真的，不到两三个月，这句咒语便应验了。

但我没有见到过这样变态的五老爹。五老爹在我的回忆中，始终是一位可惊的不变的五老爹。长长的身材，长长而不十分尖瘦的脸，月白的竹布长衫，污黄的白布袜，……三十年来如一日。

我说五老爹是"老翁，"一半为了他辈分的崇高。他是祖母的叔父，因为是庶出的，所以年龄倒比祖母少了十多岁。他对祖母叫"大姊，"随了从前祖母母家的称号；祖母则称他为五老爹，随了我们晚辈的称呼。叔叔们已都称他为五老爹了，我自然应该更尊称他。然而祖母说："孩子不便说拗口的话，只从众称五老爹好了！"

我说五老爹是"老翁"，一半也为了他体态的苍老。我出世时，他只有三十多岁，然而已见老态，举止徐缓而滞涩，语声苍劲而沙板，眼睛近视得连二三尺前面的东西也看不清楚。他还常常夸说他的经历，他的见闻。我们浑忘了他的正确的年龄，往往当他是一个比祖母还老的老翁。然而他的苍老的体态，却年年是一样的，如石子缝中的苍苔，如屋瓦下的羊齿草，永远是那样的苍绿。所以三十多岁不觉得他是壮年，六十多岁也不觉他变得更老，除了背脊的更为弓弯。

他并不曾念过许多书。听说，年轻时曾赴过考场。然而不久便弃了求功名的念头，由故乡出来，跟随了祖父谋衣食。如绕树而生的绿藤一样，总是随树而高低，祖父有好差事了，他便也有；祖父一时赋闲了，他便也闲居在家；祖父虽有短差事在手而不能安插自己私人时，他便又闲居着。大约他总是闲居的时候多。他闲居着没事，抱抱孩子，以逗引孩子的笑乐为事。孩子们见他闲居在家便喜欢；五老爹这个，五老爹那个，几乎一时一刻离不了他；见他有事动身了便觉难过；"五老爹呢？五老爹？我要五老爹！"个个孩子一天总要这样的吵几次。而我在孩子们中间尤为他所喜爱。我孩提时除了乳母外，每天在他杯抱中的时候最久。他抱了我在客厅中兜圈子；他抱了我，坐在大厅上停放着的祖父的藤轿中荡动着；他把

我坐在书桌上，而他自己裁纸摺了纸船纸匣给我玩。我一把抓来，不经意的把他摺的东西毁坏了，而他还是摺着。在夜里，他逗引着我注视红红的大洋油灯；我不高兴的要哭了，他便连声的哄着道："喏，喏，喏，你看墙上是什么在动？"他的手指，便映着灯光做种种的姿态。我至今还清楚的记得：他映的兔头最象，而两个手指不住的上下扇动，状着飞鸟之拍翼的，最使我喜欢。其他犬头，猫头，猪头，也都和兔头的样子差不了多少，不过他定要说他是犬头、猫头或者猪头罢了。最使我害怕，又最使我高兴的，是：他双手叉着我的胁下，高高的把我举在空中，又如白鸽之飞落似的迅快的把我放下。我的小心脏当高高的被举在空中时，不禁扑扑的跳着。我在他头顶上，望下看着，似乎站在极高的山顶，什么东西都变小了，而平时看不见的黑漆漆的轿顶，平时看不见的神龛里的东西，也都看得很清楚，连绝高的屋脊也似乎低了，低了，低到将与我的头颅相撞。当我被迅速的放落时，直如由云端堕落，晕迷而惶惑，而大厅的方砖地，似乎升上来，升上来，仿佛就要升撞到我的身上。直到我无恙的复在他怀抱中时，我才安心定神，而我的好奇心又迫着我叫道："五老爹，再来一下！"

我大了一点，他便坐在祖母的烟盘边，抱我在膝上，讲故事给我听。夜间静寂寂的，除了小小的烟灯，放出圆圆的的一圈红光，除了祖母的嘶嘶潺潺的吸烟声，除了一团的白烟，由烟斗，由祖母嘴里散出外，一切都是宁静的。而五老爹抱了我坐在这烟盘边，讲有长长的，长长的故事给我听，直讲到我迷迷沉沉的双眼微微的合了，祖母的脸，五老爹的脸渐惭的模糊了，远了，红红的小灯渐渐的似天边的小圆月般的亮着，而五老爹的沙板苍劲的语声，也如秋夜的雨点，一声一滴的落到耳朵里，而不复成为一片一段时，他方才停止了他的讲述，说道："睡着了。"便轻轻的把我放在床铺上躺着睡，扯了一床毡子盖在我身上。

他讲着"海盗"的故事，形容那种红布包在头上，见人便杀的"海盗"，是那样的真切。他说道："'海盗'都拿着明晃晃的刀，尖尖的长枪，人一见了他们便跪下来献东西给他们。他们还是一刀把人的头斫下，鲜血直喷！有一次，一大批的男男女女，老老小小，躲在一大堆稻草下面避着'海盗''海盗'团团转转的找不见人，正要走了，一个执着长枪的'海盗'无意中把枪尖向草堆里刺了一下，正中一个男人的腿，他痛得喊了一声。于是'海盗'道：'有人！有人！'他们都把长枪向草堆中乱刺，稻草都染得红了，草堆里的人是一个也不剩。还有，我家的一个亲戚，你应该叫她祖太姑的，她现在已经死了，他的一家死得才惨呢！'海盗'来了，全家不留一个人，只有你祖太姑躲藏在厨房的灶洞中，没有被他们看见。她亲眼看见'海盗'的头上包着红布，手里都拿着明晃晃的刀枪，头发长长的。'海盗'走后，她由灶洞中爬了出来，满天井是死人！亏得一个老家人躲在别处的，回来见了她，才背了她出城逃难。半路上，他们又遇见一个'海盗'，老家人头上被斫了一刀，红血流得满脸；还好，你祖太姑很聪明，连忙把手上戴的小金钩脱下来给他，才逃得性命出来！"

　　他这样的追述那恐怖时代的回忆，使我又害怕又要听。微明而神秘的烟盘边，似乎变成了死骸遍地的空宅、旷场。而他的讲述《聊斋》，也使我有同样的恐怖。我不怕狐仙花怪的故事，我最怕的是山魈、僵尸。有一次，他说道："一位老太太和一个婢女同睡在一屋。老太太每夜听见窗外有人喷水的声音，便起了疑心，叫醒婢女一同去张望。却见一个白发龙钟的老太婆在那里用嘴喷水洒花。她如道有人偷窥，便向窗喷了一口水。老太太和婢女都死了过去。第二天，家里的人推进房门，设法救活他们，却只救活了婢女，老太太是死了。婢女述夜中所见的情形。家人把老人婆所没入的地方掘起来，掘不到七八尺，却见一个僵尸，身体还完好的，躺在那里，正是婢女夜中所见的白发龙钟的老太婆。他们把她烧了，此后才不再出现。"我听得怕了起来，仿沸我们的窗外也有人在呼

呼的喷着水一样。我紧紧的伏在五老爹胸前不敢动，眼睛光光的望着他，脸色是又凄凝，又诧异，如一个宗教的罪人听着牧师讲述地狱里的惨状一样。

但他最使我兴高采烈的，笑着，聚精会神的听着的，还是他的《三国志》的讲述。他手舞足蹈的形容着，滔滔不息的高声的讲述着刘备是怎样，张飞是怎样，曹操是怎样，这些英雄的名字都由他第一次灌输到我心上来。他形容关公的过五关，斩六将，仿佛他自己便是红脸凤眉长髯的关羽，跨了赤兔马，提着青龙偃月刀。他形容张飞的喝断板桥，仿佛他自己便是黑脸的张飞，立在桥边，举着丈八蛇矛，大喝一声，喝退了曹操人马。他形容着曹操的赤壁大败，仿佛他自己便是那足智多谋，奸计满脑的曹操。他形容曹操的割须弃袍，狼狈不堪的样子，不禁的使我大笑。他讲得高兴了，便把我坐在床上，而他自己立起来表演。长长的身材，映在昏红的小小灯光之下，仿佛便是一个绝世的英雄。这一部《三国志》足足使他讲了半年多，直到他跟了祖父到青田上任去，方才告终，然而还未讲到六出祁山。每夜晚饭后，我必定拉着他，说道：

"五老爹，接下去讲，曹操后来怎样了？"

于是他又抱了我坐在祖母的烟盘边讲述着这长长的，长长的故事。

我已经到了高等小学里读书。有一天，吃中饭时，我一个不小心，把一根很长的鱼骨鲠在喉头了；任怎样咳嗽也咳不出，用手指去抠，也抠不到，吃了一大团一大团的饭下去也粘它不下去。喉头隐隐的作痛，祖母、母亲都很惊惶。他们叫我张大了嘴给他们看，也看不见鱼骨鲠在哪里。我急得哭了起来。五老爹刚好从外面进来——当然，他这时又是赋闲住在我们家里——我一见他，便哭叫道："五老爹快来！五老爹快来！鱼骨鲠得要死了！要死了！"五老爹徐缓的踱了过来，说道："不要紧的，等五老爹把你治好，五老爹有取鱼骨的秘方。"于是，他坐在椅上，拉我立在他双膝中间，叫我张大了嘴，又叫丫头去取一把镊子来。他细细的，细细的看着，不久便用镊子探进喉头，随镊子到口腔外的是一棍很长的鱼骨，还带着些血。他问道："现在好了么？"我咽了咽口水，点点头，心里轻快得多，直如死里逃生。至今祖母对人谈起这事，还拿我那时窘急的样子来取笑。

五老爹快四十三四岁了，还不曾娶亲。还是祖父帮助了他一笔钱，叫他回故乡去找一个妻子。他娶的是大户人家的一个婢女，年纪只有二十左右，同他在一起其可算是父女。当然，他的妻不会美丽，圆圆的一张脸，全身也都胖得圆圆的，身材矮短，只齐五老爹的腋下高，简直象一个皮球。她不大说话，样子是很傻笨的。他结婚了不多几月，便把她带到我们家里来，于是他们俩都做了我们家里的长住的客人。我们只叫他的妻做"姑娘"，并没有什么尊称。自此，五老爹不再指手画足的谈《三国》，讲鬼神，但却还健谈。一半，当然是因为我已经大了，自己会看小书了，不会再象坐在他膝下听讲《三国志》时那末的对于他的讲述感兴趣了；一半，也因为他现在已成了家。

他成了家不久，姑娘便生了一个女孩子。这孩子很会哭，样子又难看，全家的人都不大喜欢她。而她的母亲，姑娘，终日呆涩死板的坐在房里，也不大使合家怎么满意。只有五老爹依旧得众人的欢心，他也依旧健谈不休。

祖父故后，我们家境也很见艰难，当然养不起许多闲人食客，于是在一批底下人辞去后，跟着告别回归故乡的，还有五老爹和他的"姑娘"和他们的善哭的女儿。他的去，一半也因为祖父已经去世，他的希望，他的"靠山"是没有了，所以不得不归去，另谋别一条吃饭的路。

啊，与我童年时代有那末密切的系连的五老爹是辞别归去了，从这一别，直到了十年后方才在北京再见。记得他带了他的妻女上"闽船"归去时，祖母叫了一个名家人替他押送着行李，那简简单

单的包括两只皮箱、一只网篮，一卷铺盖的行李，还叫我也跟了去送行："顶疼爱你的五老爹回家了，你要去送送。"闽船是一种长不及二三丈的帆船，专走闽浙一路海边贩运货物的，而载客是例外。这样的船，在海边随风驶行着，由浙到闽，风顺时也要半个月，逆风时却说不定是一月两月。由闽出来时，大都贩的是香菰、青果之类，由浙回闽，贩的却都是猪。猪声哼哼的，与人声交杂，猪臭腾腾的，与人气混合。那真是难堪的苦旅行。五老爹要是有钱，他可以走别的路径，起陆，或由上海坐轮船回去。然而五老爹如何有这样大的力量呢？于是只好杂在猪声猪臭之中归去。船泊在东门外，那里是一长排的无穷尽的船只停泊着，船桅参参差差的高耸天空，也数不清是多少。五老爹认了半天，才认出原定的船来，叫伙计帮着拿行李上船，抱孩子，扶女人上船。伙计道："船要明早才开。"五老爹自己立在船头对我说道，"你不要上船了，跳板不好走，回去吧。我一到家就有信来。"又对老家人说道："来顺，你好好的送孙少爷回去，太阳底下不要多站了。"来顺说："五老爹叫你回去，你回去吧。"我心里很难过，没情没绪的跟了来顺走，走了几十步，回头望时，五老爹还站在船头遥望着我的背影。

啊，与我童年时代有那末密切的系连的五老爹是辞别归去了。

十年后，我在北京念书，住在三叔家里。每天早晨去上学，下午课毕回家。有一天，天气很冷，黑云低压的悬在空中，似有雪意。枯树枝萧萧作响，几片未落尽的黄叶纷纷扬扬的飞堕地上。我匆匆忙忙的赶回家。一进门，见有一担行李，放在门房口，便问看门的李升道："是谁来了？"李升道："一个不认识的老头子，刚由南边来的，好象是老爷的亲威。"

我把书包放在自己房里，脱了大衣，便到上房。一掀开门市，便使我怔住：和三叔坐着谈的却是五老爹，十年未见的五老爹！他的神情体态宛然是十年前的五老爹，长长的身材，长长而不十分尖瘦的脸，污黄的白布袜，青缎的厚底鞋，慈惠而平正的双眼，柔和的微笑，一点也没有变动，只是背脊是更弓弯了些。他见了我也一怔，随笑着问道："是一官么？十年不见，成了大人了，样子全变了，要是在路上撞见，我真要不认识了呢。只是鼻子眼睛还是那样的。"

屋里旺旺的烧着一大盆火，五老爹还只是说："北京真冷呀！冷呀！"三叔道："五老爹的衣裳太薄了，要换厚的，棉鞋棉袜也一定要去买，这样走出去，要生冻疮的。"

五老爹还是那样的健谈。在晚上的灯光底下，他说起，在家里是如何的生活艰难，万不能再不出来谋生，而谋生却只有北京的一条路。他说起，他的动身前筹备旅费是如何的辛苦，东乞求，西借贷，方才借到了几十块钱。他又说起，一路上是如何的困苦难走，北边话又不会说，所遇到的脚夫，车夫，旅馆接客，是如何的刁恶，如何的善于欺压生客。由晚饭后直说到将近午夜，还不肯停止。还是三叔说道："五老爹路上辛苦，不早了，先去睡吧。李升已把床铺理好了。"五老爹走到房门边，把门一推，一阵冷风，卷了进来，他打了一个寒噤，连忙缩了回去，说道："好冷，好冷！"三叔道："五老爹房里煤炉也生好了。睡时千万要当心，窗户不要闭得密密的。煤毒常要熏坏了人。"五老爹道："晓得的。"三叔又给他一条厚围巾把他脖子重重围了，他方才敢走出天井，走到房里。

他的房间在我的对面，也是边房，本来是做客厅的，临时改做了他的卧房。第二天，他起床时，太阳已辉煌的照着。天井里，屋瓦上，枣树上，阶沿上，是一片的白色。太阳照在雪上，反映出白光，觉得天井里格外的明亮。他开了门，便叫道："啊，啊，好大的雪！"

这一天，他又和三叔谈着找事的问题。三叔微微的蹙着双眉，答道："近来北京找事的人真多，非有大力量，大靠山，真不容易

有事。二舅在这里近两年了，要找一个二三十块钱一月的录事差事，也还找不到呢。"

五老爹默默的不言。他在北京直住到半年，住到北京的残雪早已消融完尽，北河沿和东交民巷边界的垂杨，已由金黄的丝缕而变成粗枝大叶，白杨花如雪片似的在空中乱舞时，他方才觉得希望尽绝，不得不收拾行李回家。在漫长的冬天里，他只是缩颈的躲在火炉边坐着。太阳辉煌的照着，而且一点风也没有，这时，他才敢拖了一把椅子坐在阶沿晒太阳。天色一阴暗，一有风，他便连忙躲进屋来，一步也不敢离开火炉边。刚开了门，一阵冷风便虎虎的卷了进来，他打了一个寒噤，叫道："好冷，好冷！"又连忙缩回火炉过去。

一到了晚上，他更非把炎炎旺旺的白炉子端放在他房里不可。三叔再三的吩咐他，把房子烘暖后，炉子便要端出门外去；要放炉子在房里，窗户便要开一扇。煤气是很厉害的；一冬总要熏死不少人。他似听非听的，每夜总是端了烧得炎炎旺旺的白炉子进屋，不再放它出门，窗户总是闭得严严密密的，好几天不曾出过什么毛病。

有一夜，我在半夜中醒来，仿佛有什么东西在呻吟，那重浊而宏大的呻吟声，不似人类发的，似是马或骆驼呻吟，或更似建幕于非洲绝漠上时所闻的狮子的低吼。我惊了一跳，连忙凝神的静听，清清楚楚的，一声声都听得见，这声音似从对房发出的。我穿了衣，披了大氅，开了门出去，叫了几声："五老爹，怎样了？怎样了？有病么？"他一声都不答应。我推了推门，是闩着的，便去推他的窗子。窗子还没有关闭着。我把窗一推，一股恶浊的煤气由房里直冲出来，几乎使我晕倒。这时，三叔也已闻声起来了，我们由窗中爬进，把门开了，房里是烟雾弥漫的。五老爹不省人事的躺在床上呻吟着。合家忙忙碌碌的救治他，把他抬到天井里使他吸着洁新的空气，李升又去盛了一大碗酸菜汤来，说是治煤毒最好的东西，用竹筷掘开他的牙齿，把酸菜汤灌了进去。良久，他才叹了一口气而复活了，叫道："好难过呀！"

足足的静养了五天，他才完全复原。自此，他乃浩然有归意。挨过了严冬，到了白杨花如雪片似的在空中乱舞时，他便真的归去了。送他上东车站的是三叔和我。行李还是轻飘飘的来时的那几件，只多了身上的一件厚棉袍，足上的棉袜，棍鞋。

五年后，在故乡，我们又遇见了几次，是最后的几次。他一听见我回来了，便连忙赶来看我。还宛然是五午前的五老爹，十五年前的五老爹，三十年前的五老爹，神情体态都一点也不变，只是背脊更弓弯了些。

他依然是健谈，依然是刺刺不休的诉说他的贫况，依然是微笑着。但身上穿的却是十五年前的衣服，而非厚的棉衣，足上穿的却是十五年前的污黄的布抹，青缎的厚底鞋，而非棉袜棉鞋。他叹道："穷得连衣服都当光了。有几个亲戚每月靠贴一点，但够什么！"

第三天，二舅母来时，她说，五老爹托她来说，如果宽裕，可以资助他一点。我实在不宽裕，但我不能不资助五老爹。三十年来，他是第一次向我求资助。

我带了不多的钱，到他家里去拜望他。前面是一间木器府，他住在后屋，只有两间房子，都小得只够放下床和桌子。他请我在床上坐，一会儿叫泡菜，一会儿叫买点心，殷勤得使我不敢久坐。我把钱交给了他，说道："这次实在带得不多，请五老爹原谅。以后如有需要时，请写信向我要好了。"他微笑的谢了又谢。

第二天早晨，他又跑来了，说道："我还没替你接风呢。今午到我家里吃饭好么？"我刚要设辞推托，不忍花他的钱，他似已知道我的意思，连忙道："你不厌弃你五老爹的东西么？五老爹在你少时也曾买糖人糖果请你，你还记得么？菜都已预备齐了，一定要来的。不来，你五老爹要怪你的。"我再也不能说得出推辞的话，

只好说道："何必要五老爹破钞呢！"

这一顿午饭，至少破费了我给他的三分之一的钱。他说："听说你喜欢吃家乡的鲍鱼海味，这是特别赶早起去买来的，你吃吃看。"又说道："这鸡是你五老爹亲自炖的，你吃吃看，味儿好不好？"我带着说不出的酸苦的情绪，吃他这一顿饭，我实在尝不出那一碗一碗的丰美的菜的味儿。

我回到上海后，五老爹曾有一封信来过，说道，这二三月内，还勉强可以敷衍，希望端午节时能替他寄些款去，多少不拘。然而端午节还没有到，而五老爹已成了古人了。我寄回去的却是奠仪而不是资助！啊，我不忍思索这些过去的凄惋！

1927年8月7日在巴黎

原裁1928年远东图书公司版《家庭的故事》

王　榆

　　那年端午节将近，天气渐渐热了，李妈已买了箬叶、糯米回来，分别浸在凉水里，预备裹粽子。母亲忙着做香袋，预备分给孩子们挂，零零碎碎的红缎黄绫和一束一束绿色、紫色、白色、红色、橙色的丝线，夹满了一本臃肿的花样薄子。有一种将近欢宴的气象悬萦在家庭里，悬萦在每个人的心上。父亲忙着筹款，预备还米铺、南贷铺、酒铺、裁缝铺的账。正在这时，邮差递进了一封信，一封古式的红签条的信，信封上写着不大工整的字，下款写着"丽水王寄"。母亲一看，便道："这又是王榆来拜节的信。"抽出一张红红的纸，上面写着：

```
　　　　恭贺
　太太
　　　　　　　大少爷　大少奶
　　　　　　　　诸位孙少爷　孙小姐
　节禧
　　　　　　　　　　　　　　晚王榆顿首
```

每到一个季节，这样的一封信必定由邮差手中递到，不过在年底来的贺笺上，把"节禧"两个字换成了"年禧"而已。除了王榆他自己住在我们家里外，这样的一封信，简简单单的几个吉利的贺语，往往引起父亲母亲怀旧的思念。祖母也往往道："王榆还记念着我们。不知他近况好不好？"母亲道："他的信由丽水发的，想还在那边的百卡上吧。"

自从祖父故后，我们家里的旧用人，散的散了，走的走了，各自顾着自己的前途。不听见三叔、二叔或父亲有了好差事，或亲戚们放了好缺份，他们是不来走动的。间或有来拜拜新年，请请安的，只打了一个千，说了几句套话，便走了。只有王榆始终如一。他没有事便住在我们这里，替我们管管门，买买菜。他也会一手很好的烹任，便当了临时的厨房，分去母亲不少的劳苦。他有事了，有旧东家写信来叫他去了，他便收拾行李告辞。然而每年至少有三封拜年拜节的贺片由邮差送到，不象别的用人，一去便如鸿鹄，一点消息也没有。

我不该说王榆是"用人"。他的地位很奇特，介乎"用人"和亲密的朋友之间。除了对于祖父外，他对谁都不承认自己是用人。所以他的贺片上不象别的用人偶然投来的贺片一样，写"沐恩王榆九叩首拜贺"，只是素朴的写着"晚王榆顿首"。然而在事实上他却是一个用人，他称呼着太太，少爷，少奶，孙少爷，孙小姐，而我们也只叫他王榆。他在我家时，做的也那是用人和厨子的事。他住在下房，他和别的用人们一块儿吃饭，他到上房来时，总垂手而立，不敢坐下。

他最爱的是酒，终日酒气醺醺的，清秀瘦削的脸上红红的蒸腾着热气，呼吸是急促的，一开口便有一种酒糟味儿扑鼻而来。每次去买菜蔬，他总要给自己带回一瓶花雕。饭不吃，可以的，衣服不穿，也可以的，要是禁止他一顿饭不喝酒，那便如禁止了他的生活。他虽和别的用人一块儿吃饭，却有几色私房的酒菜，慢慢的用箸挟着下酒。因为这样，别人的饭早已吃完了，而他还在低斟浅酌，尽量享受他酒国的乐趣，直到粗作的老妈子去等洗碗等得不耐烦了，在他身边慢慢的说："要洗碗了，喝完了没有？洗完碗还有一大堆衣服等着洗。今天早晨，太太的帐子又换了下来。下半天还有不少的事要做呢。"

他便很不高兴的叱道："你洗，你洗好了！急什么！"他的红红的脸，带着红红的一对眼睛，红红的两个耳朵，显着强烈的愤怒。又借端在厨房里悻悻的独骂着，也没人敢和他顶嘴，而他骂的也不是专指一人。母亲听见了，便道："王榆又在发酒疯了。"但并不去禁止他，也从来不因此说他。大家都知道他的脾气，酒疯一发完，便好好的。

他虽饮酒使气，在厨房里骂着，可是一到了上房，尽管酒气醺醺，总还是垂手而立，诺诺连声，从不曾开口顶撞过上头的人，就连小孩子他也从不曾背后骂过。

偶然有新来的用人，看不惯他的傲慢使气的样子，不免要抵触他几句，他便大发牢骚道：

"你要晓得我不是做用人的人，我也曾做过师爷，做过卡长，我挣过好几十块钱一个月。我在这里是帮忙的，不象你们！你们这些贪吃懒做的东西！"

真的，他做过师爷，做过卡长，挣过好几十块钱一个月，他并不曾说谎。他的父亲当过小官僚，他也曾读过几年书，认识一点字。他父亲死后，他便到我的祖父这里来，做一个小小的司事。他的家眷也带来住在我们的门口。他有母亲，有妻，有两个女儿。在我们家里，我们看他送了他的第二个女儿和妻的死。他心境便一天天的不佳，一天天的爱喝酒，而他的地位也一天天的低落。他会自己烧菜，而且烧得很好。反正没有事，便自动跑到我们厨房里来帮忙，惭惭就成为一个"上流的厨子"，也可谓"爱美的厨子"。祖父也就非吃他烧的菜不可。到了祖父有好差事时，他便又舍厨子

而司事，而卡长了。祖父故后，他也带了大女儿回乡。我们再见他时，便是一个光身的人，爱喝酒，爱使气。他常住在我们家里，由爱美的厨子而为职业的厨子，还兼着看门。

他常常带我出门，用他戈戈的收入，买了不少花生米、薄荷糖之类，使我的大衣袋鼓了起来。但他见我在泥地里玩，和街上的"小浪子"撺钱，或在石阶沿跳上跳下，或动手打小丫头，便正颜厉色的干涉道："孙少爷不要这样，衣服弄龌龊了"，"孙少爷不要跟他们做这下流事"，"孙少爷不要这样跳，要跌破了头的"，或"孙少爷不要打她，她也是好好人家的子女"！我横被干涉，横被打断兴趣，往往厉声的回报他道："不要你管！"

他和声的说道："好，好，回去问你祖母看，我该不该说你？"他的手便来牵我的手，我连忙飞奔的自动的跳进了屋。所以我幼时最怕他的干涉。往往正在"撺钱"撺得高兴时，一眼见他远远的走来，便抛下钱，很快的跑进大门去，免得被他见了说话。

全家的人都看重他，不当他是用人，连父亲和叔叔们也都和颜的对他说话，从不曾有过一次的变色的训斥，或用什么重话责骂他，——也许连轻话也不曾说过——他是一个很有身分的用人（？），但我这个称谓是不对的，所以底下又加了一个疑问号，不过我实在想不出什么别的恰当的语句来称他，他的地位是这样的奇特。……

我第一次到上海来，预备转赴北京入大学。这时，王榆正在上海电报局里当一个小司事，一月也有三四十元。他知道我经过上海，便跑来见我，殷勤的邀我到酒楼里喝酒去。我生平第一次踏到这样的酒楼。楼下柜台上满放着一盆一盆的熏炙的鸡、鸭、肝、肠，墙边满排着一瓮一瓮的绍兴酒。楼梯边空处是几张方桌子，几个人正在喝着酒，桌上只有几小碟的冷菜。王榆领我一直上楼，倚着靠窗的一张方桌坐下。他自己又下楼去，说道："就来的，就来的，请坐一坐。"窗外是一条一条的电线，时时动荡着，喞喞的声

音，由远而近，连支线的铁柱上也似有嗡嗡的声响，接着便是一辆电车驶过了。车过后，电线动荡得更厉害，这条线的动荡还未停止，而那边的电线上又有嗤嗤的声音了。车过后，远远的电线上还不时发出灿烂的火光。我的幻想差不多随电线而动荡着。而王榆已双手捧了几包报纸包着的东西上楼来。解开了报纸，里面是白鸡、烧鸭、熏脑子之类，正是楼下柜台陈列着的东西。他道："自己下去买，比叫他们去买便宜得多了。"我们喝着酒，谈着，他的话还是带有教训的气味，如当我孩提时对我说的一样。我有点不大高兴，勉强敷衍着。他喝了酒，话更多，红红的一张清秀瘦削的脸，红红的细筋显现在眼白上，而耳朵也连根都红了，嘴里是酒气喷人。我直待他酒喝够了，才立起来说："谢谢了，要回去了。"他连忙阻拦着道："还有面呢。"一面又叫道："伙计，伙计，面快来！"

我由北京回到上海时，他已先一年离开了。听人家说，电报局长换了人，他也连带的走了，住在那个旧局长家里——他也是他的旧东家——充当厨子。但常常喝酒，发脾气，太太很不高兴他，因此他便走了，不知到什么地方去。这一年的年底，我接到一封古式的红签条的信。象这样的信封，我是许多年不曾见到了。从熟悉的不大工整的字体上，我知道这是王榆的拜年信。这一次他只写信："恭贺大少奶，孙少爷，孙小姐年禧，"因为只有我母亲和妹妹和我同住在上海。贺笺之外，还有一张八行笺，还有两张当栗。他信上说，他现在吉林，前次在上海时，曾当了几件衣服，不赎很可惜，所以，把当票寄来，请我代赎。我正在忙的时候，把这信往抽屉里一塞。过了十几天不曾想起，还是母亲道："王榆的当票，你怎样还不替他去取赎呢？"我到抽屉里找时，再也找不到这封信和这两张当票。我想，大约已经满期了吧。他信上说，快要满期了，一定要立刻去取。我很难过不曾替他办好这一事。然而，到了第二节，他又写信来拜节了，却没有提起赎当的事。我见了这"恭贺少

奶孙少爷节禧"的贺笺，便觉得曾做了一件负心的事，一件不及补救的负心的事。

在我结婚之前，全家已迁居到上海来，祖母也来了，且带来了几个老家人，王榆这时正由吉林到上海，祖母便也留着他帮忙。在家里，在礼堂里，他忙了好几天。到结婚的那一天，人人都到礼堂去，没有肯在家里留守的，只有他却自告奋勇的说道："我在家里好了，你们都去。"这使我们很安心，他是比别人更可靠，更忠心于所事的。这一天他整天的不出门，酒也喝得少些。我们应酬了客人，累了一天后，在午夜方才回家。而他已把大门大开着，大厅上点了明亮亮的一对大红烛，帮忙的人也有几个已先时回来，都在等候着。一见汽车进了弄口，他便指挥众人点着鞭炮，在霹霹啪啪的响声中，迎接我们归来，迎接新娘子的第一次到家。他见我的妻和我只在祖先神座前鞠躬了几下，似乎不太高兴，可是也不敢说什么。

他在这里，暂时屈就了厨子的职务。在他未来之前，我家里先已有了两个用人。这两个用人见他那么傲慢而古板的样子，都不大高兴。他还是照常的喝着酒，从从容容的一筷一筷挟着他私有的下酒的菜，慢慢的喝着。喝了酒，脸色红红的，眼睛红红的，耳朵连头颈都红红的，而一口的酒糟气，就在三尺外的人都闻得到。且还依旧借端发脾气，悻悻的骂这个，骂那个，还指挥着这个，那个，做这事，做那事，做得不如意，便又悻悻的骂着，比上人更严厉。为了他这样，那两个原来的用人也不知和他吵过几回嘴，上来向母亲控诉过几多次。母亲只是说道："他是老太爷的旧人，你们让他些，一会儿就会好的。"他们见母亲这样的纵容他，更觉不服，便上来向我的妻控诉着。有好几次，他们私自对我的妻说："王榆厨子真好舒服！他把好菜给自己下酒，却把坏的东西给主子吃。昨天，中饭买了一条黄鱼，他把最好的中段切下来自己清炖了吃，鱼头和鱼尾却做了主子的饭菜。哪有这样的厨子！"第二天，他们又来报告道："昨天小饭，他又把咸蟹的红膏留下自己吃了，留壳和留肉却做了饭菜。"如此的，不止报告了十几次。我的妻留心考察饭菜，便真的发现黄鱼是没有中段的，咸蟹的红膏只容容可数的几小块放在盘子里。她把这事对我说了，也很不以为然。我说道："随他去好了，他是祖父的旧人。"

"是旧人，难道便可以如此舒服不成！"妻很生气的说着。我默默的不说什么。

过了一二月，帮忙的老家人都散去了，只有王榆，祖母还留他在厨房里帮忙。然而口舌一天天的多了；甚至，底下人上来向妻说，他是这般那般的对少奶奶不恭敬，听说什么菜是少奶奶要买的，他便道："我不会买这菜，"连少奶奶天天吃的鸡子，他也不肯去买。这样的话，使妻更不高兴。

有一次，他领了五块钱去买菜，菜也没买，便回来在厨房里咕噜咕噜的骂人，说是中途把钱失落了。几个底下人说："一定是假装的，是他自己用去了，还了酒账了。"但妻见他窘急得可怜，又补了五块钱给他。他连谢也不说一声，还是长着脸提了菜篮出门，这又使妻很生气。

妻见我回家，便愤愤的又把这事告诉了我。我慰她道："他是旧人，很忠心的，一定不会说假话。"妻道："是旧人，是旧人，总是这样说。既然他如此忠心，不如把家务都交给他管好了！"

我知道这样的情势，一定不能更长久的维持下去，而王榆他自己也常想告辞，说工钱实在不够用，并且也受不了那末多的闲气。然而他到哪里去好呢？这样的古板的人物，古怪的脾气，这样的使酒谩骂的习惯，非相知有素的人家，又谁能容得他呢？我为了这事踌躇了好几天。后来，和几个朋友商定，叫他到一个与我们有关系的俱乐部里去当听差，事务很空闲，而且工钱也比较的多。他去了，还是一天天的喝酒，喝得脸红红的，眼睛红红的，耳朵连头颈都红红的，一开口使酒气喷人。他自己烧饭烧菜吃，很舒适，很

舒适的独酌着，无论喝到什么时候都没人去管他。然而，他只是孤寂的一个人，连脾气也无从发，又没有一个人可以给他骂，给他指挥，而且戋戋的工资，又实在不够他买酒买菜吃。他常常到我家里来，向我诉说工钱太少，不够用。又说，闲人太多，进进出出，一天到晚开门关门实在忙不了。我嘴里不便说什么，心里却有些不以他为然。

　　然而他虽穷困，却还时时烧了一钵或一磁缸祖母爱吃的菜蔬，送了来孝敬"太太"吃。祖母也常拿钱叫他买东西，叫他烧好了送来。"外江"厨子烧的菜，她老人家实在吃不惯。

　　有一次，俱乐部里住着我们一个很要好的朋友。他新从天津来，没地方住，我们便请他住到俱乐部一间空房里去。于是王榆每天多了倒洗脸水、泡茶、买香烟等等的杂事，门也要多开好几次，多关好几次。他又跑来对我诉说，他是专管看门的，看门有疏忽，是他的责任，别的事实在不能管。我说道："他不过住几天便走的，暂时请你帮忙帮忙吧。"而心里实在不以他为然。

　　有一天清晨，他如有重大事故似的跑来悄悄的对我说："你的那位朋友，昨夜一夜没回来。今天一回来，便和衣倒在床上睡了，不知他干的什么事，我看他的样子不大对，要小心他。"又说道："等了一夜的门，等到天亮，这事我实在不能干下去。"我只劝慰他道："不过几天的工夫，你且忍耐些。他大约晚上有应酬，或是打牌，你不必去理会他的事。"而心里更不以他的多管闲事、爱批评人的态度为然。

　　过了几天，他又如有重大事故似的跑来悄悄的对我说："你的朋友大约不是一个好人。他一赌得很厉害，昨夜又没有回来。今天一回来，使用白布包袱，包了一大堆的衣服拿出门，大约是上当铺去的。这样的朋友，你要少和他来往。"我默默的不说什么，而心里更不以他为然。我相信这位朋友，相信他决不会如此，我很不高兴王榆这样的胡乱猜想，胡乱下批评，且这样的看不起他。

过了几天，在清晨，他更着急的又跑来找我，怀着重大秘密要告诉我似的。我们立在阶沿，太阳和煦的把树影子投照在我们的身上。他悄悄地说道："我打听得千真万确了．他实在是去赌的。前天出去了，竟两天两夜不曾回来，这样的人你千万不要再和他来往，也千万不要再借钱给他，他是拿钱去赌的。"我再也忍不住了，我相信这位朋友决不会如此，我不愿意这位朋友被他侮辱到这个地步。我气愤愤的把阶沿陈设着的两盆花，猛力踢下天井去，砰的一声，两个绿色的花盆都碎成片片了。同时厉声的说道："要你管他的事做什么！"他一声不响的转身走出大门，非常之怏怏的。

我望着他的背影，心里后悔不迭。他不曾从祖父那里受到过这样厉声的训斥，不曾从父亲那里受到过这样厉声的训斥，不曾从叔叔们那里受到过这样厉声的训斥，如今却从我这里受到！我当时真是后悔，真是不安，——至今一想起还是不安——很想立刻追去向他告罪，但自尊心把我的脚步留住了。我怅然的望着他的背影消失在大门外。我想他心里一定是十分的难过的。他殷殷的三番两次跑来告诉我，完全是为了同我关切之故，而我却给他以这样大的侮辱，这侮辱他从不曾受之于祖父、父亲、二叔、三叔或别的旧东家的。唉，这不可追补的遗憾！我愿他能宽恕了我，我愿向他告一个、十个、百个的罪。也许他早已忘记了这事，然而我永不能忘记。

又过了几天，好几个朋友才纷纷的来告诉我，这位朋友是如何如何的沉溺于赌博，甚至一夜输了好几千元，被人迫得要去投江。凡能借到钱的地方，他都设法去借过了，有的几百，有的几十。他们要我去劝劝他。王榆的话证实了，他的猜疑一点也不曾错。他可以说是许多友人中最先发现这位朋友的狂赌的。王榆的话证实了，而我的心里更是不安，我几乎不敢再见到他。我斥责问己这样的不聪明，这样的不相信如此忠恳而亲切的老人家的话！

然而，他还在俱乐部看着门，并不因此一怒而去。大约他并

不把这个厉声的斥责看得太严重了吧。这使我略觉宽心。但隔了两个月，他终于留不住了，自己告退了回去。促他告退的直接原因是：俱乐部来来往往的人太多，有一天，他出去买菜，由里边出外的人，开了门不曾关好，因此，一个小偷掩了进来，把他的一箱衣服都偷走了。他说道："这样的地方不能再住下去了！"于是，在悻悻的独自骂了几天之后，用墨笔画了一个四不象的人体，颈上锁着铁链，上面写道："偷我衣服的贼骨头"，把它用钉钉在场上。几天之后，他便向我和几位朋友说，要回家了，请另找一个看门的人。我道："回家还不是没事做，何妨多留几个月，等有好差事了再走不晚。"他道："这里不能再住了，工钱又少，又辛苦，且偷了那末多的东西去，实在不能再住了，再住下去，一定还要失东西，回去先住在女儿家里，且顺便看看母亲，有好几年不见她了。住在那里等机会也是一样的。"

我们很不安，凑了一点钱，偿补他失去衣物的损失。他收了钱，只淡淡的说了声谢谢。

此后每逢一个年节，他还是寄那红红的贺笺来，不过贺笺上，在恭贺"太大，大少奶，孙少爷"之下，又加添上了一个"孙少奶"的称谓。从去年起，他的贺笺的信封上，写的是"水亭分卡王寄"，显然的他又有了很好的差事，又做了卡长了。

祝福这个忠恳的古直的人！

1927年8月8日在巴黎

原裁1928年远东图书公司版《家庭的故事》

郑振铎 小说精品

【第三辑】

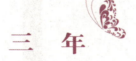

三　年

　　月白风清之夜，渔火隐现，孤舟远客。"忽闻江上琵琶声"，这嘈嘈切切之音，勾引起的是无限的凄凉。繁灯酣宴，酒肴狼藉，絮语琐切，高谈惊座，以箸击桌而歌，若醉，若醒，这歌声所引起的是燠暖繁华之感。至若流泉淙淙，使人有崇洁之意，松风飒飒，令人生高旷之思，洞箫幽细，益增午夜的静悄，胡琴低昂呜咽，奏出难消的愁绪，这些声调都是可知的，现世的，是现世的悲欢，是现世的愉闷，是现世的情怀。独有在沉寂寂的下午，红红的午日晒在东墙，树影花影交错的印在地上，而街头巷尾，随风飘来了一声半声的盲目的算命先生的三弦声，而你是独坐在沉寂寂的书室里，这简单而熟悉的铮铮当当之声，将勾引起你何等样子的心绪呢？这心绪是不可知的，是神秘的，是渺茫的，是非现世的。这铮铮当当的简单而熟悉的三弦声，仿佛是一个白衣天使的幽微的呼唤，呼唤你由现世而转眼到第二世界，呼唤你由狭窄的小室而游心于旷芜无边的原野。这铮铮当当的简单而熟悉的三弦声，仿佛是运命她自己站在你面前和你叨叨絮絮的谈着，你不能避开了她的灰白如死人的大而凄惨的脸，你不能不听她那些谈泊无味而单调的语声。呵，这铮铮当当的简单而熟悉的三弦声，虽只是一声半声，出街头巷尾而飘来你的书室里，却使你受伤了，一枝两枝无形的毒箭，正中在你的心。

　　谁都曾这样的受伤过，就是十七嫂的麻木笨重的心里，也不由得不深深的中了一筋。她茫然的，抬起板涩失神的眼来，无目的地注在墙角的蛛网上，这蛛网已破损了一角，黑色的蜘蛛，正忙着在修补。桃树上正满缀着红花。阶下的一列美人蕉，也盛放着，红色、黄色而带着黑斑的大朵的花，正伸张了大口，向着灿烂的寿光微笑。天井里石子缝中的苍苔，还依旧的苍绿，花坛里的芍药，也正怒发着紫芽。十七嫂离开这里的故家，不觉的已经三年了。如今重来时，家里的一切都还依旧，天井里的一切都还依旧，只有她却变了，变了！这短短的三年，使她由少女而变为妇人，而无忧无虑的心，乃变而为麻木笨重，活溜溜的眼珠，乃变而板涩失神，微笑的桃红色的脸乃变而枯黄，憔悴，惨闷。这短短的三年，使她经历了一生。她的一生，便是这样的停滞了，不再前展了，如一池死水似的，灰蓝而秽浊的停储着。她这样茫然的站在天井里。由街头巷尾随风飘来一声半声算命先生的三弦声，便在她麻木笨重的心里，也不由得不深深的中了一箭。运命她自己似乎正和她面对面的站着。

　　"姑姑，快来看，新娘子回来了！"她的一个五岁的侄女，圆而红润的脸上微笑着，由大厅里跑跳了来向她道。她的小手强塞入她姑姑的手里，"姑姑，去看，快去。新娘子还带了红红金金的许多匣子东西回来呢。"

　　她渺茫的，空虚的，毫无心绪的，勉强牵了这个孩子的小手，同到前面大厅里来。

　　新娘子是她的第三弟媳，前三天方才娶进门的。她自出嫁后，三年中很少归宁到两天以上。这一次是破例，因为有了喜事，所以四婶，她婆婆，特别允许她多住几天。

　　十七嫂在九岁时，她母亲曾有一天特别的叫了一个算命先生进门，为她算算将来的运命。铮铮当当的三弦声，为小丫头的叫声"算命的，算命的"而中止。小丫头执着盲目的算命先生的探路竹棒的一端，引了他进门来。他坐在大厅的椅上，说道："太太，要替谁算命？男命？女命？"

　　她母亲道："是女命，九岁，属虎，七月十六日生。"

　　算命先生自言自语的念了许多人家不懂的术语后，便向她母亲道："太太，我是喜欢说直话的，有凶说凶，有吉说吉，不能瞎说骗钱，太太，是么？这命可是不太好，命中注定要克……太太，这命，双亲都在么？"

　　"父亲已故，母在。"

　　"是的，命中注定要克父。不要出嫁得太早，二十四五岁正当时。出嫁早了，要克子。太太，这命实在硬，我是喜欢说直话的，有凶说凶！……"

　　小丫头仍旧领了这瞎子出门。铮铮当当的三弦声又作了，内近而渐远，渐渐的消失于街头的喧声中。这时，天井里几树桃花正盛开着，花坛里的芍药，正怒发紫芽，而蜘蛛也正忙着在墙角布网。十七嫂带着红红的一个苹果脸，正在阶前太阳光中追逐着一只小黑猫。她毫不罣念着她未来的运命。烦恼她的，只有：她的一双耳片，还隐隐的作痛。前天她母亲才请隔壁的顾太太替她穿了耳环孔，红色的细线，还挂在孔中。顾太太的手不会发抖，短短的针，很利落的便在粉嫩的耳片中穿过了，当时并不觉得怎么病，所以戚串和邻居都喜欢请她穿女孩子们的耳环孔。十七嫂的两个姊姊，也都前后由顾太太的手，替她们穿了耳环孔。她是她家里最小的女孩，顾太太穿了她的耳片后，要等她家第二代的女孩子们长成后，才再有这个好买卖呢。

春天，秋天，如在北海上面溜冰的人似的，很快的，很快的一个个滑过去了，十七嫂不觉的已经二十岁，这正是出嫁之年，也许已经是太迟了些。十七哥这时正由北京学校里毕业回家。四叔和四婶忙着替他找一房好媳妇，而十七嫂遂由媒婆的撮合，做了十七哥的新娘子。

新房里放着一张大铜床，是特别由上海买来的。崭新的绿罗帐子，方整的张在床架上。两只白铜的帐钩，光亮亮的勾起了帐门。帐眉是绣了许多许多花的红色缎子，还有两个绣花的花篮式的饰物，悬了帐门两边。桌子、椅子、衣架、皮箱、镜橱、镜框，都是崭新的，几乎可以闻得出那"新"味来。窗前的桌上，放着一对高大的锡烛台，上面插着写着金字的大红烛，还放着几只崭新的茶碗茶杯。床底下是重重迭迭的维着大大小小的金漆的衣盆，脚盆之类。这房间一走进去便觉得沉沉迷迷的，似有无限的喜气，"新"气。

四婶看待新娘子又是十分的细心体贴。新少奶长，新少奶短，一天到她房里总有七八趟。吃饭时，总要把好菜拣在她碗里："新少奶不要客气，多吃些菜。"早上，十七嫂到上房问好时，她总要说："新少奶起得这末早！没事不妨多睡睡。"

八嫂看见婆婆特别的宠爱新来的媳妇，心里嫉妒得说不出，窃窃的对张妈说道："怪稀罕的，三天的新鲜！"

然而十七嫂过门一个月后，四叔倅署理了天台县。四叔在浙江省做了二十年的小官僚，候补的赋闲的时间总在十二三年以上，便放出差来也是苦差，短差，从没有提过正印。这一次的署理天台县正堂，直招全家都喜欢得跳起来，四婶竟整三天的笑得合不拢嘴。她在饭桌上说道："都是靠新少奶的福气！"

她过门的第三个月，又证明了有孕在身。这使四婶格外的高兴。她说道："大房媳妇，娶了几年了，还不生育一男半女。新少

奶过门不久，使有了身。菩萨保佑他生了男孩子，周家香火无忧了！"

她自此待十七嫂更好，更体贴得入微："新少奶要保养自己，不要劳动。要吃什么尽管说，叫大厨房去买。"

晚上厨子周三到上房问太太明天要添什么菜时，她在想好了老爷少爷要吃的菜后，总要叫李妈去问问新少奶要吃什么不。新少奶总回说不要，然而四婶却自作主张的吩咐道："周三，明天为新少奶买一只嫩鸡，清炖。炖好了叫李妈送到她房里。好菜放在饭桌上，你一箸，他一箸，一会儿便完了，要吃的人反倒没份！"

她每天到新少奶房里去的时间更多了，坐在窗前的椅子上，絮絮叨叨的谈着家常细故，诉说八嫂的不敬婆婆，好吃懒做，又问问她家中的小事。看她桌上放着正在绣花的鞋面，便道："样子甚好！谁画的花？新少奶真有本事。"临出房门时，便再三的吩咐道："不要多做事，不要多坐，有事叫李妈、张妈做好了，不要自己劳动。"

十七嫂是过着她的黄金时代。八嫂是嫉妒得说不出。面子上和她敷衍敷衍，背地是窃窃絮絮的妒骂着："也不知是男是女？还只三四个月呢，便这末娇贵！吃这个，吃那个，好快活！婆婆也不象婆婆的样子，只是整天的在媳妇房里跑！也不知是男是女？便这么爱惜她！"

十二月，雪花飘飘扬扬的落了满屋瓦，满天井。四叔正忙着做他的五十双寿。这是他生平最热闹的一次寿辰。前半个月，全家便已忙碌起来。前三天，家里已经搭起红色的牌坊，大天井上面是搭盖了明瓦的天篷。请了衙门里的两位要好的师爷，经理账房里的事。送礼的人，纷至沓来。十几个戴着红缨帽，穿着齐整的新衣的底下人，出出进进，如蛱蝶之在花丛中穿飞着，几个亲戚们也早几天便来做客了，几个孩子，全身崭新的红衣、绿衣，在大厅里，天井里，跑着笑着，或簇集在一块看着挑送进来的礼担。火腿是平放在担中，鸡屈伏在鞭炮红烛之间，鸭子伸出头来，呷呷的四顾着；间或有白色的鹅，头顶着红冠，而长项上还圈了一圈红纸，间或有立在地上比桌子还高的大面盆。大馒头盆，盆上是装饰着八仙过海、麻姑献寿等等故事中的米面做的人物。暖寿那一天，已有十几桌酒席。大厅上，花厅里，书房里，坐满了男客；而新少奶的房里，四婶的房里，八嫂的房里，也都拥挤着太太们，小姐们。红烛十几对的高烧着。大厅里，花厅里，书房里，红红的挂满了寿幛，寿联，寿屏。本府张大人也送了一轴红缎幛子来。而北京做着侍郎的二伯，也有一对寿联寄来。上席时，鞭炮燃放了不止数万，震得客人耳朵几聋，连说话也听不见。门外是雪花飘飘扬畅的落下，而这里是喜气融融的，暖暖和和，一点也不觉得是冬天，一点也不觉在下雪。第二天是正寿，客人更多了，更热闹了，连府尊也很早的便来拜寿，晚上是三十桌以上的酒席。连大天井里也都摆满了桌子。包办酒宴的是本城最大的一个酒馆，他们已有三四天不做别的生意，而专力来筹备这周公馆的寿宴。残羹剩酒，一钵一碗的送给打杂的吃，大爷们，老妈子们还不屑吃这些呢！

　　四叔满脸的春风，四婶满脸的春风，十七哥满脸的春风，十七嫂也终日的微笑着，忙着招呼客人，连八嫂也在长而愁闷的脸上显着笑容。老家人周升更是神气旺足的，大呼小叱，东奔西走，似乎主人的幸福便是他的幸福，主人的光荣，便是他的光荣。

　　直到了深夜，很晏很晏的深夜，客人方才散尽，而合家的人都轻松的舒畅了一口气，如心上落下了一块石头。这繁华无比的寿辰是过去了。

　　第三天，彩扎店里来拆了天篷彩坊，而天井角里还红红的堆积了无数的鞭炮的残骸和不少的瓜子壳、梨皮。

　　四婶又在饭桌上说道："新少奶的福气真好，今年一进门，老爷便握了正印。便见这样热闹的做寿。今年，福官（十七哥的小名）也要有好差事才好。明年，小娃娃是会笑会叫公公了，做寿一

定更要热闹！"

十七嫂低了头，不说什么，而八嫂心里是嫉妒得说不出。

果然，不到半个月，十七哥有差事了，是上海的一家公司找他去帮忙的。虽然不是什么顶好的差事，而在初出学校门的人得有这样的事做，已经很不坏了。忙了三四天的收拾行李，十七哥便动身赴上海了。

四婶含笑的说道："新少奶，我的话没说错么？说福官有事，便真的有事了。新少奶，你的福气真好！"

这时，十七嫂的脸上是红润的，肥满的，待人是客客气气的，对下人也从不叱骂。她还是一个新娘子的样子。四婶常道："她的脸是很有福相的。怪不得一娶进门，周家便一天天的兴旺。"

然而黄金时代却延长了不久，如一块红红的刚从炉中取出的热铁浸在冷水中一样。黄金时代的光与热，一时都熄灭了，永不再来了。

四叔做五十大寿后，不到二月，忽然觉得胃痛病大发。把旧药方撮来煎吃，也没有效验，请了邑中几个有名的中医来，你一帖，我一剂，也都无用。病是一天一天的沉重。他终日躺在床上呻吟着，有时痛得滚来滚去。合家都沉着脸，皱着眉头。一位师爷荐举了天主堂里的外国人，说他会看病，很灵验。四婶本来不相信西医西药，然到了中医治不好时，只好没法的请他来试试。他来了，用听筒听了听胸部，问了问病状，摇摇头，只开了一个药方，说道："这病难好！是胃里生东西。姑且配了这药试试看。"西药吃下之了，病痛似乎还是有增无已，仿佛以杯水救车薪，一点效力也没有。

病后的八九天，大家都明显的知道四叔的病是无救的了。连中医也摇摇头，不大肯开方了。电报已拍去叫十七哥赶回来。

正当这时，不知是谁，把十七嫂幼时算命先生算她命硬要克什么什么的话传到周家来。八嫂便首先咕噜着说道："命硬的人，走

一处，克一处，公公要有什么变故，一定是她克的！"四婶也听见这话了。她还希望不至于如此，然而到了病后十天的夜里，四叔的症候却大变了，只有吐出的气，没有吸进的气，脸色也灰白的，两眼大大的似盯着什么看，嘴唇一张一张的，似竭力要说什么，然而已一句话都不能说了。四婶大哭着。周升和师爷们忙着预备后事。再过半点钟四叔便死去了，合家号啕的大哭着，四婶哭得尤凶，"老爷呀，老爷呀！"双足顿跳着的哭叫。两个老妈子在左右扶着她。小丫头不住的绞热手巾给她揩脸。没有一个人敢去劝她。

在一"七"里，十七哥方才赶回来。然而他说，"那边的事太忙了，不能久留在家。外国人不好说话，留久了，一定要换人的！"所以到了三"七"一过，他便回到上海去。家里只是几个女人。要账的纷至沓来，四叔虽说是做了一任知县，然而时间不长，且本来亏空着，娶十七嫂时又借了钱，做寿时又多用了钱，要填补，一时也填补不及。所以他死后，遗留的是不少的债。连做寿时的酒席账，也只付了一半。四婶一听见要账的来便哭，只推说少爷不在家，将来一定会还的。底下人是散去了一大半。

在"七"里，每天要在灵座前供祭三次的饭，每一次供饭，四婶便哀哀的哭，合家便也跟了她哭。而她在绝望的、痛心的悲哭间，"疑虑"如一条蛇似的，便游来钻进她的心里，她愈思念着四叔，而这蛇愈生长得大。于是她不知不觉的也跟随了八嫂的意见，以为四叔一定是十七嫂克死的。她过门不一年，公公便死了，不是她克死的还有谁！"命硬的人，走一处克一处！"这话几乎成了定论。而家中又纷纷藉藉的说，新娘子颚骨太大，眼边又有一颗黑痣，都是克人的相。见公公肖羊，她肖虎。羊遇了虎，还不会被克死么？于是四婶便把思念四叔的心，一变而为恨怨十七嫂的心，仿佛四叔便是十七嫂亲自执刀杀死一样。于是终日指桑骂槐的发闲气，不再进十七嫂房间里闲坐闲谈，见面时，冷板板的，不再"新少奶，新少奶"的叫着，不再问她要吃什么不，也不再拣好菜往她

的饭碗里送。她肚子很大，时时要躺在床上，四婶便在房外骂道："整天的躲在房里，好不舒服！吃了饭一点事也不做，好舒服的少奶奶！"有时她要买些鸡子或蹄子炖着吃，便拿了私房的钱去买。四婶知道了，便叨叨罗罗的骂道："家用一天天的少了，将来的日子不知怎样过。她倒阔绰，有钱买鸡买鸭吃，在房里自由自在的受用！"

十七嫂一句句话都听得清楚。她第一次感到了她的无告的苦恼。她整天的躲在床上，放下了帐门，忧郁的低哭着，满腔的说不出的冤屈。而婆婆又明讥暗骂了："哭什么！公公都被你哭死了，还要哭！"

新房里桌子、构子、橱子、箱子以及金漆的衣盆、脚盆，都还新崭崭的，而桌上却不见了高大的锡烛台与写着金字的红红的大烛，床上却不见了绿罗帐子，而用白洋布帐子来代替，绣了许多许多花的红缎帐眉以及花篮式的饰物，也都收拾起来。走进房来，空洞洞的，冷清清的，不复如前之充满着喜气。而她终日坐在、躺在这间房里，如坐卧在愁城中。

在这愁城中，她生了一个孩子，一个男孩子！当她肚痛得厉害，稳婆已经叫来时，四婶忙忙碌碌的在临水陈夫人香座前，在观音菩萨香座前，在祖宗的神厨前，都点了香烛，虔诚的祷告着，许愿着，但愿祖先、菩萨保佑，生一个男孩，母子平安！她心里把着千斤重的焦急，比产妇她自己还苦闷。直等到呱的一声，孩子堕地，而且是一个男孩子，她方才把这千斤担子从心上放下，而久不见笑容的脸上，也微微的耀着微笑，稳婆收生完毕后，抱着新生的孩子笑祝道："官官，快长快大，多福多寿！"而四婶喜欢得几乎下泪，不再吝惜赏钱。十七嫂听见是男孩，在惨白如死人的脸上，也微微的现着喜色。自此，四婶似乎又看待得她好些；一天照旧进房来好几次，也许比前来得更勤，且照旧的天天的问："少奶要吃什么不呢？要多吃些东西，奶才会多，会好！""明天吃什么呢？

蹄子呢？鸡呢？清炖呢？红烧呢？"然而这关切，这殷勤，都是为了宝宝，而不是为了十七嫂。譬如，她一进房门，必定先要叫道："宝宝，乖乖！让你婆婆抱抱痛痛！"而她的买鸡买路子，也只为了要"奶多，奶好！"

宝宝只要呱呱的一哭，她便飞跑进十七嫂的房门，说道："宝宝为什么哭呢？宝宝别哭，你婆婆在这里，抱你，痛你，宝宝别哭！"而宝宝的哭，却似乎是先天带来的习惯。不仅白天哭，而且晚上也哭，静沉沉的深夜，她在上房听见孩子哭个不止，便披了衣，走到十七嫂房门口，说道："少奶，少奶，宝宝在哭呢！"

"晓得了，婆婆，宝宝在吃奶呢。"

直等到房里十七嫂一边拍着孩子，一边念着："宝宝，乖乖，别哭，别哭，猫来了，耗子来了，睡吧，睡吧。"念了千遍万遍，使孩子渐渐的无声的睡去时，她方才复回到上房宽衣睡下。

"少奶，少奶，宝宝为什么又哭个不停呢？"她在睡梦中又听见孩子哭，又披衣坐起了。

十七嫂一边抚拍得孩子更急，一边高声答道："没什么，宝宝正在吃奶呢，一会儿便好的。"

每夜是这样的过去。四婶是一天天的更关心宝宝的事，十七嫂是一天天的更憔悴了。当午夜，孩子哭个不了，十七嫂左拍，右抚，这样骗，那样哄，把奶头塞在他嘴里，把铜铃给他玩，而他还是哭个不了时，她便在心底叹了一口气，低低的说道："冤家，要折磨死我了！"而同时又怕婆婆听见，起来探问，只好更耐心耐意的抚着，拍着，骗着，哄着。

母亲是脸色焦黄，孩子也是焦黄而瘦小。已是百日以上的孩子了，还只是哭，从不见他笑过，从不见他高兴的对着灯光望着，呀呀的喜叫着，如别的孩子一样。

有一夜，宝宝直哭了一个整夜，十七嫂一夜未睡，四婶也一夜未睡。他手脚乱动着，啼哭不止，摸摸头上，是滚烫的发烧。四婶

道："宝宝怕有病呢，明早叫小儿科来看看。"

小儿科第二天来了，开了一个方子，说道："病不要紧的，只不要见风，吃了药，明天就会好些。"

药香达于全屋。煎好了，把黑黑的水汁，倒在一个茶碗里，等到温和了，用了一把小茶匙，提了孩子的鼻子，强灌进口，孩子哭着，挣扎着。四婶又把他的手足握住。黑汁流得孩子满鼻孔，满嘴边。等到一碗药吃定，孩子已经奄奄一息，疲倦无比，只是啼哭着。

来不及再去请小儿科来，而孩子的症候大变了。哭声渐渐的低了，微细了，声带是哑了，小手小足无力的颤动着。一双小眼，光光的望着人，渐渐的翻成了白色，遂在他婆婆的臂上绝了呼吸。

十七嫂躺在床上，帐门放下，在呜呜的哭着，四婶也哭得很伤心。小衣服一件件穿得很整齐后，这个小小的尸体，便被装入一个小小的红色棺中。这小棺由一个褴褛的人，挟在臂下拿去，不知抛在什么地方。整整的两天，十七嫂不肯下床吃饭，只在那里忧郁的哭着。她空虚着，十分的空虚着，仿佛失去了自己心腔中的肝肠，仿佛失去了一切的前途，一切的希望。她看见房里遗留着的小鞋，小衣服，便又重新哭了起来，看见一顶新帽，做好了他还未戴过一次的，便又触动她的伤心。从前，他的哭声，使她十分的厌恶，如今这哭声仿佛还在耳中响着，而他的黄瘦的小脸已不再见了。她如今渴要听听他的哭声，渴要抱着他如从前一样的抚着，拍着，哄着，骗着，说道："宝宝，乖乖，别哭，别哭！猫来了，耗子来了，睡吧，睡吧。"而她的怀抱中却已空虚了，空虚了，小小的身体不再给她抱，给她抚拍了。有一夜，她半夜醒来，仿佛宝宝还在怀抱中，便叫道："宝宝，乖乖，吃奶奶吧，别哭，别哭！"她照常的在半醒半睡的状态中抚拍着，而仔细的一看，手中抱的却是一只枕头而非她的宝宝！她又低声的哭了半夜。这样的夺去她的心，夺去她的希望，夺去她的灵魂，还不如夺去她自己的身体好些！她觉得她自己的性命是很轻渺，不值得什么。

四婶也在上房里哭着，而宏大的哭声中还杂着不绝的骂声："宝宝呀，你的命好苦呀！活活的给你命硬的妈妈所克死！宝宝呀，宝宝呀！"

而十七嫂的命硬，自克了公公，又克子后，已成了一个铁案。人人这样的说，人人冷面冷眼的望着她，仿佛她便是一个刽子手，一个谋杀者，既杀了父亲，又杀了公公，又杀了自己的孩子，连邻居，连老妈子们也都这样的断定。她的脸色更焦黄了，眼边的黑痣愈加黑得动人注意，而活溜榴的双眼，一变而千涩失神，终日茫然的望着干墙角，望着天井，如有所思。而她在这个家庭里的地位，乃等八嫂而下之。连小丫头也敢顶幢她，和她斗嘴。

她房里是不再有四婶的足迹。她不出来吃饭，也没有人去请她，也没有想到她，大家都只管自己的吃，还亏得李妈时常的记起，说道："十七少奶呢？怎么又不出来吃饭了？"

四婶咕噜的说道："这样命硬的人，还装什么腔！不吃便不吃罢了，谁理会到她！不食一顿又不会饿死！"吓得李妈不敢再多说。

她闲着无事，天天会邻居，而说的便是十七嫂的罪恶："我们家里不知几世的倒霉，娶了这样命硬的一个媳妇！克 了公公，又克了儿子！"正如她一年前之逢人便告诉八嫂之好吃懒做，不敬婆婆一样。

她还把当初做媒的媒婆，骂了一个半死，又深怪自己的疏忽鲁莽，没有好好的打听清楚，就聘定了她！

十七哥是久不回家，信也十分的稀少。但偶然也寄了一点钱，给母亲做家用，而对于十七嫂却是一文也没有，且信里一句话也不提起她，仿佛家里没有这样的一个媳妇在着。

有一天，三伯的五哥由上海回来，特地跑来问候四婶。婶向他问长问短，都是关于十七哥的事；近来身体怎样？还有些小咳嗽

么？住的房子怎样？吃得好不好？谁烧的饭菜？有在外面胡逛没有？她很喜欢，还特地叫八嫂去下了一碗肉丝面给五哥吃，十分的殷勤的看待他。

五哥吃着面，无意的说道："十七弟近来不大闲逛了，因为有了家眷，管得很严，……"

四婶吓得跳了起来，紧紧的问道："有家眷了？几时娶的小?"

五哥晓得自己说错了话。临行时，十七哥曾再三的叮嘱他不要把这事告诉家里。然而这时他要改口已经来不及了。只好直说道："是的，有家眷了，不是娶小，说明是两头大。他们俩很好的过活着。"

四婶说不出的难过，连忙跑进久不踏进门的十七嫂房里，说道："少奶，少奶，福官在上海又娶了亲了！"只说了这一句话，便坐在窗前大桌边，哭了起来。十七嫂怔了半天，然后伏在床上哀哀的哭着。她空虚干涩的心里，又引起了酸辛苦水。

四婶道："少奶，你的命真苦呀！"刚说了这一句，又哭了。

十七嫂又有两整天的躲在床上，帐门放下，忧郁的低哭着，饭也不下来吃。

她自公公死后，不曾开口笑过，自宝宝死后，终日的愁眉苦脸，连说话也不大高兴。从这时起，她却觉得自己的地位是更低下了，觉得自己真是一个不足齿数的被遗弃了的苦命人，性命于她是很轻渺的，不值得什么。于是她便连人也不大见，终日的躲在房里，躲在床上，帐门放下。房间里是空虚虚的，冷漠漠的，似乎是一片无比黑暗的旷野。桌子、椅子、柜子，床下的衣盆、脚盆都还漆光亮亮的，一点也不曾陈旧，而它们的主人十七嫂却完全变了一个人。短短的三年，她已经历了一生，甜酸苦辣，无所不备的一生！

她是这样的憔悴失容，当她乘了她三弟结婚的机会回娘家时，她母亲见了她，竟抱了她哭起来。

　　墙角的蛛网还挂着，桃树上正满缀着红花。阶下的一列美人蕉也盛放着，红色、黄色而带着黑班的大朵的花，正伸张了大口，向着灿烂的春光笑着。天井里石子缝中的苍苔，还依旧的苍绿。花坛里的芍药也正怒发着紫芽。短短的三年中，家里的一切，都还依旧，天井里的一切，都还依旧，只有她却变了，变了！

　　她板涩失神的眼，茫然的注视着黑丑的蜘蛛，在忙碌的一往一来的修补着破网。由街头巷尾随风飘来一声半声的简单而熟悉的铮铮当当的三弦声，便在她麻木笨重的心上，也不由得不深深的中了一箭。

原载1928年远东图书公司版《家庭的故事》

五叔春荆

　　祖母生了好几个男孩子，父亲最大，五叔春荆最小。四叔是生了不到几个月便死的，我对他自然一点印象也没有，家里人也从不曾提起过他。二叔景止，三叔凌谷，在我幼年时代和少年时代都曾给我以不少的好印象。三叔凌谷很早的便到北京读书去了。我还记得很清楚，当我九、十岁时，一个夏天，天井里的一棵大榆树正把绿荫罩满了半片砖铺的空地，连客厅也碧阴阴有些凉意，而蝉声在浓密的树叶间，叽——叽——叽——不住的鸣着，似乎催人午睡。在这时，三叔凌谷由京中放暑假回家了。他带了什么别的东西同回，我已不记得，我所记得的是，他经过上海时，曾特地为我买了好几本洋装厚纸的练习簿，一打铅笔，许多本红皮面绿皮面的教科书。大约，他记得家中的我，是应该读这些书的时候了。这些书里都有许多美丽的图，仅那红的绿的皮面已足够引动我的喜悦了。你们猜猜，我从正式的从师开蒙起，读的都是枯枯燥燥的莫测高深

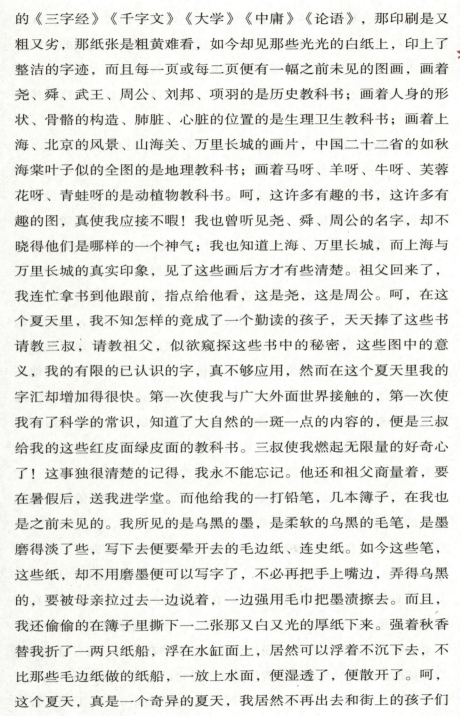

的《三字经》《千字文》《大学》《中庸》《论语》，那印刷是又粗又劣，那纸张是粗黄难看，如今却见那些光光的白纸上，印上了整洁的字迹，而且每一页或每二页便有一幅之前未见的图画，画着尧、舜、武王、周公、刘邦、项羽的是历史教科书；画着人身的形状、骨骼的构造、肺脏、心脏的位置的是生理卫生教科书；画着上海、北京的风景、山海关、万里长城的画片，中国二十二省的如秋海棠叶子似的全图的是地理教科书；画着马呀、羊呀、牛呀、芙蓉花呀、青蛙呀的是动植物教科书。呵，这许多有趣的书，这许多有趣的图，真使我应接不暇！我也曾听见尧、舜、周公的名字，却不晓得他们是哪样的一个神气；我也知道上海、万里长城，而上海与万里长城的真实印象，见了这些画后方才有些清楚。祖父回来了，我连忙拿书到他跟前，指点给他看，这是尧，这是周公。呵，在这个夏天里，我不知怎样的竟成了一个勤读的孩子，天天捧了这些书请教三叔，请教祖父，似欲窥探这些书中的秘密，这些图中的意义，我的有限的已认识的字，真不够应用，然而在这个夏天里我的字汇却增加得很快。第一次使我与广大外面世界接触的，第一次使我有了科学的常识，知道了大自然的一斑一点的内容的，便是三叔给我的这些红皮面绿皮面的教科书。三叔使我燃起无限量的好奇心了！这事独很清楚的记得，我永不能忘记。他还和祖父商量着，要在暑假后，送我进学堂。而他给我的一打铅笔，几本簿子，在我也是之前未见的。我所见的是乌黑的墨，是柔软的乌黑的毛笔，是墨磨得淡了些，写下去便要晕开去的毛边纸、连史纸。如今这些笔，这些纸，却不用磨墨便可以写字了，不必再把手上嘴边，弄得乌黑的，要被母亲拉过去一边说着，一边强用毛巾把墨渍擦去。而且，我还偷偷的在簿子里撕下一二张那又白又光的厚纸下来。强着秋香替我折了一两只纸船，浮在水缸面上，居然可以浮着不沉下去，不比那些毛边纸做的纸船，一放上水面，便湿透了，便散开了。呵，这个夏天，真是一个奇异的夏天，我居然不再出去和街上的孩子们

"攂钱"了，居然不再和姊妹以及秋香们赌弹"柿瓢子"了。我乱翻着这些教科书，我用铅笔乱画着，我仿佛已把全个世界的学问都捏在手里了。三叔后来还帮助我不少，一直帮助我到大学毕业，能够自立为止，然而使我最不能忘记的，却是这一个夏天的这些神奇的赠品。

二叔景止也不常在家。他常常在外面跑。他的希望很大，他想成一个实业家。他曾买了许多的原料，在自己家里用了好几个大锅，制造肥皂，居然一块一块造成了，却一块也卖不出去，没有一个人相信他所造的肥皂，他们相信的是"日光皂"，来路货，禁用而且能洗得东西干净。于是二权景止便把这些微黄的方块都分送了亲戚朋友，而白亏折一大笔本钱。他又想制造新式皮箱，雇了好几个工匠，买了许多张牛皮，许多的木板，终日的在锯着，敲着，钉着，皮箱居然造成了几只，却又是没有一个人来领教，他们要的是旧式的笨重的板箱或皮箱，不要这些新式的。他只好送了几只给兄弟们，自己留下两只带了出门，而停止了这个实业的企图。他还曾自己造了一只新的舢板船，油漆得很讲究，还燃点了明亮亮的两盏上海带来的保险挂灯。这使全城的人都纷纷的议论着，且纷纷的来探望着。他曾领我去坐过几次这个船。我至今，仿佛还觉得生平没有坐过那末舒服而且漂亮的船。这船在狭小的河道里，浮着，驶着，简直如一只皇后坐的画舫。然而不久，他又觉得厌倦了，便把船上的保险挂灯，方桌子，布幔，都搬取到家里来，而听任这个空空的船壳，系在岸边柳树干上。而他自己又出外漂流去了。他出外了好几年，一封信也没有，一个钱也不寄回来，突然的又回来了。又在计划着一个不能成功的企图。在我幼年，在我少年，二叔在我印象中真是又神奇、又伟大的一个人物，一个无所不能的人物。他不大理会我，虽然我常常在他身边诧异的望着他在工作。我有时也曾拾取了他所弃去的余材，来仿着他做这些神奇的东西，当然不过儿戏而已，却也往往使我离开童年的恶戏而专心做这些可笑的工作，譬如我也在做很小的小木箱、皮箱之类。

　　然而最使我纪念着的，还是五叔春荆。

　　三叔常在学校里，两年三年才回家一次，二叔则常飘流在外，算不定他什么时候回来，于是家里便只有五叔春荆在着。父亲也是常在外面就事，不大来家的。

　　说来可怪，我对于五叔的印象，实在有些想不起来了，而他却是我一个最在心中纪念着的人物。这个纪念，祖母至今还常时叹息的把我挑动。当五叔夭死时，我还不到七岁，自然到了现在，已记不得他是如何的一个样子了，然而祖母却时时的对我提起他。她每每微叹的说道：

　　"你五叔是如何的疼爱你，今天是他的生忌，你应该多对他叩几个头。"这时祖先的神橱前的桌上，是点了一双红烛，香炉里插了三支香，放了几双筷子，几个酒杯，还有五大碗热菜。于是她又说起五叔的故事来。她说，五叙是几个叔父中最孝顺，最听话的，三叔常常挨打，二叔更不用说，只有他，从小起，便不曾给她打过骂过。他是温温和和的，对什么人都和气，读书又用功。常常的几个哥哥都出去玩去了，而他还独坐在书房里看书，一定要等到天黑了，她在窗外叫道："不要读了吧，天黑了，眼睛要坏了呢！"他方才肯放下书本，走出微明的天井里散散步。二叔有时还打丫头；三叔也偶有生气的时候；只有五叔是从没有对丫头，对老妈子，对当差的，说过一句粗重的话的，他对他们，也都是一副笑笑的脸儿。"当他死时"，祖母道："家里哪一个人不伤心，连小丫头也落泪了，连你的奶娘也心里难过了好几天。"这时，她又回忆起这伤心的情景来了，她默默的不言了一会，沉着脸，似乎心里很凄楚。她道："想不到你五叔这样好的一个人，会死的那末早！"

　　当我从学堂里放夜学回家，第二天的功课已预备完了时，每到祖母的烟铺上坐着，看着她慢慢的烧着烟泡，看着她嗞、嗞、嗞的吸着烟。她是最喜欢我在这时陪伴着她的。在这时，在烟兴半酣

087

时，她有了一点感触，又每对我说起五叔的事来。有一天，我在学堂里考了一次甲等前五名，把校长的奖品，一本有图的故事集，带了回家。这一夜，坐在烟铺上时，便把它翻来闲看。祖母道："要是你五叔还在，见了你得了这本书，他将怎样的喜欢呢！唉，你不晓得你五叔当初怎样的疼爱你！你现在大约已经都不记得了罢？你五叔常常把你抱着，在天井里打圈子，他抱得又稳又有姿势。有一次，你二叔曾喜喜欢欢的从奶娘怀抱里，把你接了过来抱着。他一个不小心，竟把你摔堕地板上了，这使全家都十分的惊惶。你二叔从此不抱你。而你五叔就从没有这样的不小心，他没有摔过你一次。你那时也很喜欢他呢。见了你五叔走来，便从奶娘的身上，伸出一双小小的又肥又白的手来——那时，你还是很肥胖呢，没有现在的瘦——叫道：'五叔，抱，抱！'你五叔便接了你过来抱着。你在他怀抱里从不曾哭过。我们都说他比奶娘还会哄骗孩子呢。当你哭着不肯止息时，他来了，把你抱接过去了，而你便见笑靥。全家都说，你和你五叔缘分特别的好。象你二叔，他未抱你上手，你便先哭起来了。唉，可惜你五叔死得太早！"

　　她又说起，五叔的身上常被我撒了尿。他正抱了我在厅上散步，忽然身上觉得有一阵热气，那便是我撒尿在他身上了。那时，我还不到一岁，自然不会说要撒尿。他一点也不憎厌的，先把我交还了奶娘，然后到自己房里，另换一身的衣服。奶娘道："五叔叔，不要再抱他了，撒了一身的尿。"然而他还是抱，还是又稳重、又有姿势的抱着。我现在已想象不出那时在他体抱中是如何的舒服安适，然而我每见了一个孩子睡在他的摇篮车里，给他母亲或奶妈推着向公园绿荫底下放着时，我每想，我小时在五叔怀抱中时一定比这个孩子还舒服安适。有一次，他抱了我坐在他膝上，翻一本有图的书指点给我看。我的小手指正在乱点着，乱舞着，嘴里正在呀呀的叫着时，忽然内急，撒了许多屎出来，而尿布又没有包好，于是他的一件新的蓝布长衫上又染满了黄屎。奶娘连忙跑了过来，把我抱开，说道："又撒了你五叔叔一身的屎！下次真不该再抱你玩了！"而他还是一点也不憎厌，还是常常的抱我。

祖母又说起，家里的杂事，没人管，要不亏五叔在家，她真是麻烦不了。一切记账，吩咐底下人买什么，什么，都是五叔经管的；而他还要读书，常常读到天色黑了，快点灯了，还不肯停止。她又说起，我小时出天花，要不亏五叔的热心，忙着请医生，亲自去取药，到菩萨面前去烧香许愿，没有那末快好。她说道："你出天花时，你五叔真是着急，天天为你忙着，书也无心念了，请医生，取药，还要煎药，他也亲自动手。一直等到你的病好了，他方才放心。你现在都不记得了罢！"

真的，我如今是再也回想不起五叔的面貌和态度了，然而祖母的屡次的叙述，却使我依稀认识了一位和蔼无比、温柔敦厚的叔父。不知怎样，这位不大认识的叔父，却时时系住了我的心，成为我心中最忆念的人之一。

五叔写得一手好楷书；我曾见过他抄录的几大册古文，还见到一册他自己做的试帖诗；那些字体，个个都工整异常，真是一笔不苟，一划不乱。我没有看见过那末样细心而有恒的人。祖母说，他的记账也是这个样子的，慢慢的一笔笔的用工楷写下来。大约他生平没有写过一个潦草的字，也没有做过一件潦草的事。

祖母曾把他所以病死的原因，很详细的告诉过我们，而且不止告诉过一次。她凄楚的述说着，我们也黯然的静听着。夜间悄悄无声，连一根针落地的响声都可以听得见，而如豆的烟灯，在床上放着微光，如豆的油灯，在桌上放着微光。房里是朦胧的如被罩在一层阴影之下。这样凄楚的故事，在这样凄楚的境地里述说着，由一位白发萧萧的老人家，颤声的述说着，啊，这还不够凄凉么？仿佛房间是阴惨惨的，仿佛这位温柔敦厚的五叔是随了祖母的述说而渐渐的重现于朦胧的灯光之下。

下面是祖母的话。

祖母每过了几年，总要回到故乡游玩一次。那时，轮船还没有呢。由浙江回到我们的家乡福建，只有两条路程。一条是水路，因"闽船"运货回家之便而附搭归去；一条是旱道，越仙霞岭而南。祖母不愿意走水路，总是沿了这条旱道走。她叫了几乘轿子，自己坐了一乘，五叔坐了一乘——大概总是五叔跟护着她回去的时候为多——日子又可缩短，又比闽船舒服些。有一次，她又是这样的回去了。仍旧是五叔跟随着。她在家里住了几个月。恰好我们的祖姨——祖母的最小的妹妹——新死了丈夫，心里郁郁不快。祖母怕她生出病来，便劝她一同出来，搬到我们家里来同住。她夫家是一个近房的亲戚都没有，她自己又不曾生养过一个孩子，在家乡是异常的孤寂。于是她踌躇了几时，便也同意于祖母的提议，决定把所有的家产都搬出来。她把房子卖掉，重笨的器具卖掉，然而随身带着的还有好几十只皮箱。这样多的行李，当然不能由旱路走。便专雇了一只闽船。她因为船上很清净，且怕旱路辛苦，便决意坐了船。祖母则仍旧由旱路走。有五老爹伴侣着她同走。五叔则和几个老家人护送了祖姨，由水路走。船上一个杂客也没有，一点货物也没有。头几天很顺风，走得又快，在船上的人都很高兴。祖姨道："这一趟出来，遇到这样好风，运道不坏。也许要比走旱路的倒先到家呢。"海浪微微的抚拍着船身，海风微微的吹拂着，天上的云片，如轻絮似的，微微的平贴于晴空。水手高兴得唱起歌来。沿海都是小小的孤岛，荒芜而无居民。有时还可遇见几只打渔的船。这样顺利的走出了福建省境，直向北走，已经走到玉环厅的辖境了，不到几天便可到目的地了。突然，有一天，风色大变，海水汹涌着，船身颠簸不定，侧左侧右，祖姨躺在床上起不来，五叔也很觉得头晕。天空是阴冥冥的，似乎要由上面一直倾落下来，和汹涌的海水合而为一，而把这只客船卷吞在当中了。水手个个都忙得忘记了吃饭。他们想找一个好海湾来躲避这场风浪。又怕遇到了礁石，又不敢离岸过远。这样的飘泊了一天两天。天气渐渐的好了，又看见一大片蓝蓝的天空，又看见辉煌的太阳光了。船上的人，如从死神嘴里又逃了出来一样。正在舒适的做饭吃，正在扯满了篷预备迎风疾行时，忽然船底澎的一声，船身大震了一下，桌上的碗和瓶子都跌在船板上碎了。人人脸如土色，知道是触礁了。祖姨脸色更白得如死人，只道："怎么办呢？怎么办呢？"五叔也一筹莫展。船上老大进舱来说了，说这船已坏，不能再走了，好在离岸很近，大家坐了舢板上岸，由旱路走罢。船搁浅在礁上，一时不会沉下去。行李皮箱，等上岸后再打发人再取罢。祖姨只得带了些重要的细软，和五叔，老家人们都上了舢板。这岸边沙滩上水很浅，舢板还不能靠岸。于是所有的人，都只好涉水而趋岸。五叔把长衫卷了起来，脱了鞋袜，在水中走着，还负着祖姨一同上岸。遇了这场大险，幸亏人一个都没有伤。祖姨全部财产，都在船上，上了岸后，非常的不放心，她迫着五叔去找当地的土人代运行李下船。然而，这些行李已不必她费心顾虑到。沿岸的土人，一得到有船搁礁的消息，便个个人都乘了小舢板，到了大船边。上了船，见了东西就搬，搬到小舢板不能载为止。有的简直去了又来，来了又去，连运了三四次。大船上的水手们早已走了，谁管得到这些行李！等到五叔找到搬运的人，叫了几只舢板，一向到大船上时，已经来迟了一步，几十只皮箱，连十几张椅子，几张细巧的桌子、茶几，等等，还有许多厨房里的用具，都已为他们收拾得一个干净了，剩下的是一只空洞洞的大船。祖姨气得几乎晕了过去，她的性命虽然保全，她的全部财产却是一丝一毫也不剩了。她的微蹙的眉头，益发紧紧的锁着。她从此永无开颜喜笑之时了。五叔先从旱路送了祖姨到家中，留下两个老家人在催促当地官厅迫土人吐还祖姨的皮箱。经了五叔自己的屡次来催索，经了祖父的托人，当地官厅总算捉了几个土人来追索，也居然追出了三四只皮箱。然而还是全乡的人民的公同罪案，谁能把一乡的人民都捉了来呢？于是这个案子，一个月，一个月，一年，半年的拖延下去，而祖姨的财产益无追回的希望

了。

为了这件事，祖母十分的难过，觉得很对祖姨不住。现在祖姨是更不能回家了。只好紧锁着双眉，在我们家里做客。不到两年，便郁郁的很可怜的死去了。而比她先死的还有五叔！

五叔身体本来很细弱，自涉水上岸之后，便觉得不大舒服，时时的夜间发热，但他怕祖母担心，一句话也不敢说。没有一个人知道他有病。后来，又迭次的带病出去，为祖姨的事而奔走各处。病一天天的深，以至于卧床不能起。祖母祖父忙着请医生给他诊看，然而这病已是一个不治的症候了。于是到了一个月后，他便离开这个世界了。他到临死时，还是温厚而稳静的，神智也很清楚。除了对父母说，自己病不能好，辜负了养育的深恩而不能报，劝他们不要为他悲愁的话外，一句别的吩咐也没有。他如最快活的人似的，平安而镇定的死去。祖母至今每说起五叔死时的情形，还非常的难过。她生平经过的苦楚与悲戚也不在少数了，祖父的死、大姑母的死、二叔的死、父亲的死，乃至刚生几个月的四叔的死，都使她异常的伤心，然而最给她以难堪的悲楚的，还以五叔的死为第一！在她一生中没有比五叔的死损失更大了！她整整的哭了好几天。到了一年两年后，想起来还是哭。到了如今，已经二十多年了，说起来还是黯然的悲伤。她见了五叔安静的躺在床上，微微的断了最后的一口呼吸时，她的心碎了，碎成片片了！她从此，开始有了几根白发，她从此才吸上了鸦片！

祖母常常如梦的说道："要是五五还在，如今一定娶了亲，并已生了孩子了！且孩子一定是已经很大了！"她每逢和几个媳妇生气时，便又如梦的叹道："要是五五还在，娶了刘小姐，怎么会使我生气呢！"她还常常的把她所看定的一房好媳妇，五叔的假定的媳妇刘小姐提起来，说道："这样又有本事，又好看，又温和忠厚的，又孝顺的媳妇，可惜我家没福娶了她过来！不知她现在嫁给了谁家？一定已有了好几个孩子了。"

　　她时时想替五叔过继一个孩子，然而父亲只生了我一个男孩子，几个叔叔都还未有孩子；她只好把我的大妹妹，当作一个假定的五叔的继子，俾能在灵牌上写着："男○○恭立"，且在五叔生忌死忌时，有一个上香叩头的人。每当大妹妹叩完了头立起来后，祖母一定还要叫道："一官，快过来也叩几个头，你五叔当初是多么疼爱你呢！"

　　前几年，我和三叔同归到故乡扫墓时，祖母还曾再三的嘱咐我们，"要在五五墓前多烧化一点锡箔。看看他的墓顶墓石还完好否？要是坏了，一定要修理修理。"

　　我们立在荫沉沉的松柏林下，看见面前是一堆突出地上的圆形墓，墓顶已经有裂痕了，裂痕中青青的一丛绿草怒发着如剑的细叶。基石上的字，已为风雨所磨损，但还依稀的认得出是"亡儿春荆之墓"几个大字。"墓客"指道："这便是五少爷的墓。"我黯然的站在那里。夕阳淡淡的照在松林的顶上，乌鸦呀呀的由这株树飞到那株树上去。

　　山中是无比的寂静。

1927年8月13日写于巴黎

原载1928年远东图书公司版《家庭的故事》

赵太太

　　八叔的第二妻，亲戚们都私下叫她做赵妈——太太，孩子们则简称之曰赵太太。她如今已有五十多岁了，但显得还不老，头发还是青青的，脸上也还清秀，未脱二三十岁时代的美丽的型子，虽然已略略的有了几痕皱皮的折纹，一双天足，也还健步。她到了八叔家里已经二十年了，她生的大孩子已经到法国留学去了。她是一个异乡人，虽然住在福州人家里已经二十年了，而且已会烧得一手好的福州菜蔬，已习惯于福州人的风俗人情了，但她的口音却总还是带些"外路腔"，说得佶倔生硬，一听便知她并不是我们的乡人。除了她的不能纯熟自然的口音外，其余都已完全福州化了，她几乎连自己也忘了不是一个福州人。这当然难怪她忘了她的本乡，因为二十年来，她的四周都是福州人围绕着，她过的是福州人的生活，听的是福州人的说话，而且二十年来她的故乡也不曾有一个亲属，不曾有一个朋友和她来往过。她简直是如一个孤儿被弃于异乡人之中而生长的一样。

她之所以成为八叔的第二妻，其经历颇出于常轨之外，虽然至今已经是二十年了；虽然她生的大孩子都已经到法国留学去了；然而她为了这个非常轨的结合，至今还为亲友间的口实谈资。

当和她同居的时候，八叔并不是没有妻。八婶至今还在着，住在她自己生的第一个孩子四哥的家里。所以八叔和她的结合，并不是续弦，却又不是妻。讲起他们的结合来，却又不曾经过什么旧式的"拜堂"、新式的相对鞠躬、交换戒指等等的手续，只是不知在哪一天便同居了，便成了夫妻了，便连客也不曾请，便连近时最流行的花一块半块钱印了一种"我们已经于〇月〇日同居了"的报告式的喜帖也不曾发出。象这样简单的非常轨的结合，在现在最新式的青年间也颇少见，不要说在二十年之前的旧社会中了。所以难怪至今还为亲友间的口实谈资。

他们的结合之所以至今还为亲友间的口实、谈资者，至少还有另一个原因。这便是因为她出身的低微。她不是什么名门的闺秀，也不是什么小家的碧玉，也不是什么名振一时的窑姐，她只是一个平平常常的乡下人，一个平平常常的被八叔家里所雇佣的老妈子。她也已有了一个丈夫，正如八叔之已有了妻一样。所不同的是，八叔和她结合，不必经过什么手续和八婶解决问题，而她则必须和她丈夫办一个结束，声明断绝关系，婚嫁各听其便而已。据说，她是一个童养媳，父母早已死了。她夫家姓赵，所以大家至今还私下管着唤她做赵妈——太太或赵太太。每逢亲串家中有喜庆婚嫁诸大事的时候，她便也出来应酬，俨然是一个太太的身价。然而除了底下人之外，没有一个人曾称呼她为某太太的。他们见面时，都以"不称呼"的称呼了结之。譬如，她向四婶告别时，便叫道："四太太，再会，再会。"四婶却只是说："再会，再会"，而她之对二婶便要说道，"二婶婶，再会，再会"了。再譬如二婶前几个月替元荫续弦时，她曾一个个的吩咐老妈子去叫车，或已有车的，便

叫车夫点灯侍候，当一班客人要散时，她叫道："张妈，叫四太太的马车夫点了灯，酒钱给了没有？"或是说："太太要走了，快去叫车夫预备"之类，只是轮到了赵妈——太太，她便只是含糊的叫道："张妈，叫车夫点了灯。"而张妈居然也懂得。这个"不称呼"的称呼的秘诀，真省了不少的纠纷，免了不少的困难，而在面子上又不得罪了赵妈——太太。

赵妈太太也自知她在亲串间所居的地位的尴尬，所以除了不得已的喜庆婚丧的应酬外，无事决不踏到他们的门口。她很自知不是他们太太们的伴侣。她只是勤苦的在管家，而这个家已够她的忙碌了，而在她自己的家中，她是一个主人翁，她是被称为"太太"的。她是苏州的乡下人。她丈夫家里是种田的农户。因为她吃不了农家粗作的苦，所以到上海来"帮人家"。有人说，苏州无锡的女人，平均的看来，都是很美好的，即使是老太太或是在太阳底下晒得黑了的农家女，或是丑的妇女，也都另具有几分清秀之气，与别的地方的女人迥不相同。所以几个朋友中间，曾戏编了一个口号道："娶妻要娶苏州人。"有一个苏州的朋友说，所谓自称为苏州人的，大都是冒籍的，不是真的苏州人。别地方的人听不出她们口音的不同，在苏州人却一听便辨其真假。

说到口音，苏州的女人似乎也有独擅的天赋。她们的语音都是如流莺轻啭似的柔媚而动听的，所谓吴侬软语，出之美人之口，真不知要颠倒了多少的男子。即使那个女人是黑丑的，肥胖的，仅听听她们的语声也是足够迷人的了，较之秦音的肃杀，江北腔的生硬，北京话的流滑而带刚劲者，真不知要轻柔香腻到百倍千倍。

这都是闲话，但赵妈——太太却是一个道地的苏州人，而且是一个并不丑的苏州女人，也许，仅此已足使八叔倾倒于她而有余了。她再有什么别的好处，那是只有八叔他自己知道的了。但她之所以使八叔对于她由注意而生怜生爱者，却也另有一个原因。

八婶是很喜欢打牌的，往往终日终夜的沉醉于牌桌上，完事也不大肯管。这也许是一种相传的风尚，还许竟是一种遗传的习性，凡是福州人，大都总多少带有几分喜欢打牌的脾气的。没有一个人肯临牌而谦让不坐下去打的，尤其是闲在家中没有事做的太太们。她们为了消遣而打牌，愈打便愈爱打，以后便在不闲时，在有事时，也不免要放下事，抛了事去打牌了。八婶便是这样的妇人中的一个。当八叔到上海来就事，初次把她接来同住时，她因为熟人不多，还不大出去打牌。后来，亲串们一天天的往来的多了，熟了，——不知福州人亲戚是如何这样的多，一讲起来，牵丝扳藤，归根溯源，几乎个个同乡都是有戚谊的，不是表亲，便是姻亲，——便十天至少有五六天，后来竟至有七八天，出去打牌的了。下午一吃完饭便去，总要午夜一二时方回。八叔的午饭是在办公处吃的，到了他回家吃晚饭的：已是不见了八婶，而晚饭的菜，付托了老妈子重烧的，不是冷，便是口味不对。八叔常常的因此生气，把筷子往桌上一掷，使出去到小馆子里吃饭去了。到了他再回家时，八婶还没有回来，房里是冷清清的，似乎有一种阴郁的气分。最小的一个孩子，在后房哭着，乳娘任怎样的哄骗着也不成，他只是呱呱的哭着。大孩子又被哭声惊醒了，也吵着要他的娘。八叔当然是要因此十分的生气，十分的郁闷了。有一次，她方在家里邀致了几个太太们打牌，正在全神贯注着的时候，而大孩子缠在她身边吵不休，不是要买糖，便是要买梨，便是告诉母亲说，小丫头欺侮了他。八婶有一副三四番的牌，竟因此错过了一搭对子没有碰出，这副牌还因此不和。这使她十分的生气，手里执了一张牌，她也忘了，竟用手连牌在他头上重重的抔敲了一下，牌尖在额角上触着，竟碰破了头皮，流了一脸的血。她只叫老妈子把他的血洗了，用布包起，她自己连立也不立起来，仍然安静的坐着打牌。孩子是大声的哭着。八叔正在这时回来了，他见了这个样子再也忍不住生气，但因为客人在着，不便发作。到了牌局散后，他们便大闹了一场。八叔对于她更觉得灰心失意。

　　旧的老妈子恰在这时辞职回家了，赵妈便由荐头行的介绍，第一次踏进了八叔的大门。她做事又勤快，又细心，又会体贴主人的心理。试用了两三天之后，八婶便决意，连八叔也都同意，把她连用下去。她把家事收拾得整理得井井有条，不必等到主人的吩咐，事情已都安排得好好的了。八婶很喜欢她，不久便把什么事都委托给她了。八叔也觉得她不错。自她来了之后，他才每晚上有热菜吃，有新鲜的菜吃。他从此不再到小馆子里去。她做了菜，总是一碗一碗，烧好了便自己端了出来。菜烧完了，便站立在桌边，侍候着八叔添饭。有一次，她端了一碗滚热的汤出来，一个不小心，汤汁泼溅了一手，烫得她忘记了手上端的是一个碗，竟把它摔碎在地上了。八叔连忙由饭桌上立起来，去问她烫伤了手没有。她痛得说不出话来，只点点头。他取了一瓶油膏，一卷纱布，亲自动手替她包扎。她的手是如此莹白可爱，竟使八叔第一次感到了她的美好。她的手执在八叔的手里，她脸上微微有些红晕，心头是朴朴的跳着。谁知道他们是在什么时候有了关系的，但从这个时候之后，他们似乎发生有一种亲切的情绪。八叔再也不干涉八婶打牌的事；有时她不出去打牌，他还劝诱她到哪一家哪一家去，且晚上她再迟一点回来，他也决不象往日那样的板起脸孔来对她。也许他还希望她更迟一点回来更好。如此的不知经过了几个月，也不知在什么时候，他们间的关系乃为八婶所觉察。总之，八婶是知道了他们之间的关系了。她对八叔大吵了一次，且立刻迫着要赵妈卷铺盖走路。赵妈羞得只躲在房里哭泣。八叔也一点不肯让步。结果，不知他用了什么方法，八婶乃竟肯不让赵妈走路了。而他们间的关系，至此乃成为公开的秘密，亲戚之间竟没有一个人不知道这事的了。

　　我们中国的家庭，是最会忍垢合秽的，什么难解决的问题，到了我们中国的家庭便都容容易易的解决了。譬如，一个男人在他的妻之外，又爱上一个女人了，而且已经娶了来，而且俨然是一个太太了。无论在哪一国，这件事都是法律人情所不许的，他至少要牺牲了一个太太。而在我们的家庭里，这件事却有一个两全的方法，便是说，他是兼祧的，可以允许他要两个妻，而这两个妻便是"两头大"，这不是一个很好的解决方法么？再有，男人在外地又娶了一个小家碧玉或窑姐了，他家里的妻乃至家里的上上下下，连亲戚朋友，都当她是一个妾，说是老爷在外面娶了一个妾了，然而其实却是一个妻，在外地的家庭里没有一个人不称她为太太的。眼不见为净，家里的人只好马马虎虎的随他如此的过去了。这不又是一个很好的解决方法么？这就叫做不解决的解决。比起上面所说的什么兼祧两头大，还觉得彼未免是多事。这乃是中国家庭制度底下的一个绝大的发明，是鬼子们所万不能学得来的。而今，八叔与赵妈的关系，便也是采用了这个绝大发明，即所谓不解决的解决的方法来解决的。然而这个风声是藉藉的传到外面去了，不仅是流传于亲串之间了。甚至连赵妈的丈夫也知道了这事了。在家庭间可以用了不解决的解决方法来解决一切问题，而在这个与外人有关的问题上，这个绝妙的方法却不便应用了。不知道他从什么地方知道了这个消息，也不知道有什么人在他背后激动挑拨，他一来便迫着要带赵妈回家。赵妈躲在后房，死也不肯出来见他，还是别一个仆人，出来回他道："赵妈跟太太出去打牌了，要半夜才能回来呢，请明天再来吧。"她丈夫才悻悻的走了。

她丈夫是一个乡农，是一个十足的老实人，说话也是讷讷的说不出口，脑后还拖着一根黑乌的大辫子。他一进门便显然的迷乱了，只讷讷的说道："请叫赵妈出来说话，我有话说，我要叫她卷了铺盖回家，不帮人家了。"当然，谁都知道他是听得了这个消息而来的。在这天，整天的，赵妈躲在后房床上哭着，心里一点主意也没有，八叔也如瞎了眼的小鼠一样，西跑东攒，眉头紧皱，也想不出一个好方法来。八婶很不高兴的咕絮着道："叫你早办这事，你老是不肯办，现在好了。看你用什么法子去对付他丈夫，这事本不应该的！他上公堂一告状，看你还有什么面子！"

　　八叔一声不响的听着她的咕絮。她当然私心里是巴不得赵妈的丈夫真的能把赵妈带走，然同时，看见八叔那末焦虑愁闷的样子，又觉得很难过。这矛盾的心理，是谁都觉得出的。

　　"今天对付过去了，他明天还要来呢。这样干着急有什么用？应该想想方法才好。这事好在亲友们也都知道了，何不找他们来商量商量呢？"八婶怜悯战胜了嫉妒的舒徐的说道。

　　八叔实在无法，只好照了她的提议，叫徐升去请二老爷和刘师爷来。二叔和刘师爷都是八叔的心腹好友，刘师爷尤其足智多谋，惯会出主张，一张嘴也是锋利无比，仿拂能把铁石人的心肠也劝说得软化了一样。他们来了，八叔自己不好意思说什么，还是八婶一五一十的把赵妈的丈夫来了要带她回去的事告诉了他们。

　　二叔道："这当然是他听见了风声才来的了。要买一个绝断才好。这样敷衍着总是不对，保不定哪一时便会发生事端的。"

　　八婶道："可不是！被他告一状才丧尽体面呢！"

　　刘师爷想了半天，才说道："他明天来时，除非和他当面说明了，八爷当然不必出去见他，赵妈也仍然躲一躲开。他们乡下人要的是钱，肯多花一点钱，这件事总是好办的。"

　　这件事完全委托了二叔和刘师爷去料理。第二天，赵妈的丈夫又来了，是二叔他们去见他。他原是不大会说话的，但听完了刘师爷的一席带劝，带调解，带软吓，为八叔作说客，而又似为他，赵妈的丈夫，设策划计的话，心里显然的十分的踌躇。临走时，却只是说道："这是不成的，我要的是人！"他们第二次不知在什么地方见面谈判，总之，赵妈的丈夫却不再到八叔的家里来了。过了三四天，二叔和刘师爷笑哈哈的走来对八叔说道："恭喜，恭喜，事情都了结了！想不到一个乡下人倒不大容易对付。"八婶道："要叫赵妈出来向二叔和刘师爷道谢呢！"

　　当然，这个和局，总不外于拼着用几百块钱，给了赵妈伪丈夫，叫他写了绝断契；这些钱在名义上当然说是给他作为另娶一

位妻房之用的了。但这样的一解决，赵妈的地位，在家庭中似乎骤增了重要。她不再是一个名义上的老妈子了，虽然在事实上还是如前的烧菜侍候着老爷。老妈子另外找到了一个。她的卧房搬到了一间好的房间里来，她也坐在饭桌上和太太、老爷一同吃饭了。不久，她便生了一个男孩子。如此的，这个家庭，用了不解决的解决方法，竟是一年两年的相安无事下去。但这不过是表面上的，在里面，那家庭的暗潮是在继长增高着。家庭的实权，一天天的移到赵妈的身上来。八婶几乎在家庭中成了一个附庸的分子，有饭吃，有牌打，有房子住，有月例钱用，其余的便都用不着她管了。她当然是很嫉妒，很不平，很觉得牢骚的。但她是一个天生的懦弱人，虽然很会吵嘴，却不敢于有决绝的表示。兼之，赵妈的手段又高明，笼络得她也无以难她。如此的，这个家庭，在不绝的暗里冲突，在牢骚、嫉妒，在使用心机的空气中，一天一天，一月一月，一年一年的度过去。中间，八婶曾回到故乡的母家去了几次。一去总要一二年才复回。在这个主妇缺席之时，起妈的权力便又于无形中增长了起来。家里的底下人，居然也称她做太太了。八婶的孩子们都已经成人了。大孩子，二哥，已经由日本归国，娶了亲，在交通部里办事了。二孩子三哥，则在比利时学着土木工程。他们对于父亲和赵妈的行动，都不大满意。而二哥便把八婶接到了北京同住，不再回到上海来。而赵妈生的四哥也已成人了，在上海娶了亲，生了一个孩子，且已到法国留学去了。如此的，这个家庭是分成了两截，北京一个，而上海又是一个。上海的一个已完全成了赵妈的，孩子是她的，媳妇是她的，孙子也是她的。有什么亲串间的喜庆婚丧，她便也被视为八婶的替身，出去应酬赴宴。而亲串们在背后便都唤她做赵妈——太太，而当着她的面，则以"不称呼"的称呼方法去招呼她。

1928年9月9日写于巴黎

汨罗江

汨罗江的水，涨得比往年都高。瘦骨头似的嶙峋的滩石，都被隐没在江水中。远远的望过去，疾流的水，处处的激起一团团的白色的浪花；本地人和打鱼的汉子们都熟悉的知道，那些有白浪花的地方，就是很高巇的江中岩石的隐伏处，往来的船只，碰上了就会粉身碎骨。在瘦巉巉的江岸边，满布着铁黑色的石块，那些石块镶嵌在鲜红色的泥土上面，一红一黑衬托得异常艳丽，活象一个红装艳艳的少女，穿了一身大红衣，衣上点缀着不规则的大黑点子的花纹。翠绿色的兰草，肥苗苗的一丛丛的滋长在红土上面，也就象少女的红衣上，缀上了一条狭长的绿色的花边，越显得她的打扮的俏丽。

江边站着许多老树，有木兰，有桂树，有苍松，有古柏。薜荔攀缘在这些树干上，迎风晃动着有光泽的翠生生的绿叶。

天气是晴朗的。好几天不曾下雨了，开始显得有些闷热。从江边升起的水蒸气里，夹杂着香革、香木的气味，浓烈而甜蜜的熏人欲醉。是刚入二月的孟春的季候。

屈原，这位多忧的身材瘦削的诗人，一清早的就在江边上散步。他双眼深凹进去，显得疲劳，然而还奕奕发光。看来，他昨夜又是失眠一夜了。他拉散着秋霜似的疏疏的白头发，几绺长须，飘拂在胸前，象雪白的蚕丝，衬托在他的青色的衣袍上面。

他住在这里已有好几年了。他老是一清早就在江边上散步，无目的地走着，走着。有时，嘴里在吟诵些什么，还不时发着叹息。他显得孤独，也显得严肃。但这一带的老百姓们对他是亲切的；他们尊敬他，觉得他是可亲可爱的，是他们当中的一个。他常常的帮助他们，一点也没有贵族的架子。他也下地种稻，割谷。他参加他们的迎神赛会，还写了些新鲜的歌辞儿，教给当地的巫觋们歌唱。那些歌辞儿是那末新鲜，象新出水的荷花，在晨光中开放着大嘴的那末新鲜，又是那末漂亮，那末亲切，配合着他们所熟悉、所喜爱的漫长而刚劲的调子，象柔丝，又象钢鞭似的，直打中他们的心坎儿，缠绕着不去。是他们的生命的一部分，是和他们的生活结在一起，打成一片的。老幼男妇，惭惭的都学会了唱，在田里插秧时唱着；在挥动着镰刀，喜悦的割下黄澄澄沉甸甸的稻子时唱着；在立在门前看牛羊闲散的从牧地里归来的时候唱着；在冬天农闲，阖家团聚着闲嗑牙的时候唱着。一个人唱着，大伙儿便都聚了拢来不由自主的和着。屈原有时站在那里听着，微笑着，紧锁着的双眉也暂时的松解开了。这些歌，使他们更喜爱他们的美丽的家园，他们的美丽的土地，他们的芳香的草与木，以及他们的与生俱来的一切。他们使这些勤劳勇敢、朴实聪明的农民们更滋长着爱楚国的心。那调子是那末亲切而熟悉，是那末清丽而恳挚。那楚歌，宛转而刚劲，漫长而雄健，正和楚国的人的性情相融合在一起了。

长太息以掩涕兮，哀民生之多艰。

（我长久叹息着而流眼泪啊，可怜人民的生活多灾多难）

——《离骚》

他们唱到这里的时候，不由自主的流下热泪来。还有谁象他这样的能够想到他们的痛苦与灾难呢？

当地的贵族地主们，和他们的狗腿子们，除了抢走了他们辛苦收获的黄金色的谷粒，抢夺去他们的肥敦敦的牛羊，要他们去造房屋，修车辆，还要抽去乡中的壮丁们去打仗之外，还有谁来问问他们的寒暖疾苦呢？他们第一次听到了这样的同情的话儿，怎能不感到热泪横流呢？

这二十多年来，楚国的人民也够痛苦了。他们受尽了种种的灾难。照例的横征暴敛之外，更加上连年的战争，连年的失败，更加上权臣恶吏们的额外的贪赃求利，全不顾人民的死活，取之尽珠玑，用之如泥沙。朱门里笙歌鼎沸，乡村里呼饥号寒。老百姓们衣不蔽体，贵族们打纷得浑身上下都是锦绣，还出奇出怪的时行什么狭窄窄的细腰，把壮健的少女们活生生的逼得不敢多食，弄得脸黄肌瘦，甚至饿得死去。

政府里的人们，包括怀王和现在的王爷在内，整天的受秦国的愚弄，今天讲和，明天打仗，一会儿联齐反秦，一会儿又是联秦绝齐，主意老拿不定，总是吃了大亏，打着败仗。怀王被秦人骗进了武关，死在那里。他的尸身送回国的时候，老百姓们是又恨又怜。他的儿子，现在的王爷，不想替他父亲报仇，过了不久，反而迎娶了秦王的女儿做妻子。他相信如狼似虎的秦人，听任他们的摆布。在全国人民咬牙切齿的痛恨秦人的时候，他却反向敌人求亲取媚，自己以为从此可以高枕无忧，和那些大臣们整天的歌舞取乐，丝毫不作防备。

老百姓们吃了大亏之后是不会忘记的。在二十多年前，怀王起兵去攻击秦国，被秦杀得大败而回，死了八万多人，将军屈匄也被俘虏去了，整个汉中的一大片的地方也被秦人占领了。哪个地方没有哭儿、哭夫、哭父的人；谁死了亲人不想报仇！那勇敢刚强的楚人，便自动的纷纷报名投军。怀王的军队又壮大起来。第二次攻秦出兵的时候，军心便大为不同。在蓝田的一战，几乎成了大功。不料被魏兵抄了后路，又只好退了回来。诸侯们欺悔楚国的逐渐的衰弱下去，又合兵来攻。那一仗，楚兵又大败亏输，大将唐眜也被杀了。

汨罗江边的好些村庄里，十家就有八家是丧失了他们的亲生儿子，他们的丈夫和养家的父亲的。孩子们长大了，母亲们天天在告诉他们父亲是怎样死去了的。他们心里的仇恨，和年龄一同的成长。少年们自动的结成团体，在下地栽种之外，得空就练武，人人节省下来钱，来打造兵器，人人有把剑佩在身旁，长长的矛戟，强的弓，锋利的箭，也家家都有储备着。

屈原来到了这里，他从酒酣色醉的郢都移居到这个地方，是第一次和那末勤劳勇敢的老百姓们接触。初初有些不惯，显得生疏，但空气是那末不同，仿佛从闷热的破屋子里逃到空气新鲜的园苑中似的。他，一个忠贞的爱国的诗人，便自然而然的深深的爱上了这些刚强的爱国的老百姓们。他成为他们当中的一个。其初也和他相当疏远，但不久，朴实忠诚的农民们便开始喜欢他，不当他是一个外边来的人，他对他们讲说古今的故事，天下的大势，让他们懂得了不少的东西。他们比处处关心着他的生活，见他整天的忧郁发愁，便常常的想法子来宽解他。老头子们常常去找他闲聊天，孩子们也时时的牵着他的手，要他到田地里，或江边上去，采撷香草野花。

这一天，他一清早便在江边散步，孩子们还没有出门。他无目的地懒散的走着。自己觉得岁数一天天的大了，精神越来越不济，头发越来越稀少，今天早上用木梳梳理的时候，就落了好几十根白发下来。晚上上了席，总是辗转反侧的睡不着。想前想后，

一桩桩的故事都在心头上翻腾着，象白老鼠在踏轮子似的，一刻也不停。他想着怀王的糊涂，无故的听信了上官大夫的谗言，把自己疏远了。他满怀的忠忱与冤屈，没法子表白。朝政是一天天的坏下去。外交政策一点也把握不定。内政是乱得一团糟。贪官污吏压迫得老百姓们饥寒交迫，怨怒得只想爆发。怀王轻信了秦国的间谍张仪的话，和齐国绝了交。受了欺骗之后，又愤怒的出兵去攻打秦国，结果是大败而归，楚国从此衰弱下去。他完全明白秦国那一套诡计，但他没有一点儿机会来向怀王劝谏，只是东奔西跑的求人代向怀王进谏。谁也没有理他。直到兵败之后，怀王才想起了他，又把他招回朝廷。他极力主张和齐国联欢结好。怀王就派他出使到齐国去。在他离开朝廷的当儿，秦国怕楚、齐又要联合起来，连忙派人来说，要还给楚国的汉中地方，彼此讲和。糊涂的怀王，一心只记着张仪的仇恨，他不要汉中地方，只要张仪。张仪来到了，又听信了靳尚和宠爱的妃子郑袖的话，轻轻易易的放了他回去。张仪一走，屈原就回来了。他知道了这事，气得只跳足。"如何能放虎回山？"

怀王也后悔起来，连忙派兵去追赶张仪时，他已经走得远了。

秦昭王娶了楚国的王族的女儿，借着亲戚的关系，要请怀王和他相见。怀王很高兴，也要惜这个机会，和秦国交好。他准备着要动身。屈原劝他道："不能去的！秦是个虎狼之国，绝对不要相信他们的话。千万不要去!"

但怀王的小儿子子兰却劝他去，说道："有这个好机会和秦国交好，为什么不去呢？"

没主见的怀王到底糊里糊涂地去了。果然被扣留在那里，抱着一腔的愤怒而死去。

他的大儿子熊横继承他做了楚王，倒叫子兰当政，做了令尹。子兰讨厌屈原的多话，又怕他再出来当权，便天天向熊横说他的坏话，又指使上官大夫向熊横说，屈原做了好些诗歌在讥骂国王。熊横被他们这一批人所包围，见了屈原便也如眼中之钉似的，一天也容不了他，便把他驱逐出朝廷，叫他住到汨罗江边去。

屈原在这江边已经住了几年了。他从过往的旅客们的嘴里，知道朝廷的政治越发闹得不象样子。那些当权的人，整天的只知道贪污作乐，一点远见也没有。又捧抬着熊横，叫他向秦国求亲，做了秦王的女婿。信任着秦人，依靠着秦国的势力，半点儿也不作防备。

屈原明白得很，这样的闹下去，非弄到亡国不可。但他有什么办法来救这可爱的国呢？来保全这可爱的国土不受秦人的侵入呢？他天天的在想着，念着，在忧伤着。见到老百姓们的被压迫，受苦难，被榨取得那末残酷，而民心还是那末激昂慷慨，大有作为。他热爱这些朴实勇敢的人们，他到了这里，才真正的发现了可爱的祖国里的真正可爱的人们。

但有谁来率领他们呢？他自己是已经衰老了。他只能把一腔的忠愤，向他们倾吐着，向他们殷勤的谈着，说着，歌着，唱着，把忠贞爱国的火种传插着。但他自己是没有气力来率领他们了。

从郢都来的每一个消息，都使他愤怒，使他发愁，使他更加忧伤，更加衰老下去。一桩桩的往事，叫他失眠。可怕的未来的灾祸，更触动着他的有远见的心怀。说不定哪一天，最坏的一场大祸事，就会来到。他仿佛亲自看到这场未来的大灾难似的，整夜的睁大着失眠的眼，躺在席上，总想尽他的力量来挽救。但当权的人们，黑漆一团的正在追欢求乐，谁还来听他那一套呢？

一清早就在江边走着。一丛兰草在一块边上长出，衬切着红艳艳的泥土，格外的显得肥绿有光。小池塘里，芰荷正昂起头来，向着朝阳，张开了嫩黄色的一张小脸。许多不知名的香草，裁着清露，纷纷把自己的香气喷吐在早上的清新的空气里。

披散着头发的屈原深深的吸了一口清气，那一股芳香，暂时吹散了他的忧愁。这是多末愉快的早晨。他懒散的走到池塘边上，无

意的向水面一照，自己也吓了一跳，想不到自己这几年来是那末衰老得快，气色是那末灰暗，身体是那末瘦削，不由得自己怜惜自己起来，眼圈子红着，几乎又要掉下泪来。眼睛一模糊，水上的影子也就看不清楚了。

一个渔父子提着鱼网，正向江边走来，要上船到江心打鱼，见了屈原，向他行了一个礼。屈原还他一揖。他怜恤的问道："你大夫昨夜又没有睡好吧？"

屈原道："可不是么！老是睡不着觉。又是光着眼等天亮。听着家家的鸡啼，再也睡不下去，就起身了。"

渔父安慰他道："你大夫何必这样的操心呢？"

屈原道："满朝廷的官儿们都是混沌沌的过日子，他们活象一潭混泥水似的，只有我，自己觉得是清洁不污的。他们象喝醉了酒的人似的，黑漆一团，什么也不明白，做事颠三倒四的，只有我这没有喝酒的人，还是清醒着的，看得明明白白。怎能不伤心呢？"

渔父道："你大夫何必自己吃苦呢？他们都是混沌沌的，你为什么不随顺着他们些呢？他们都喝醉了，你为什么不也随着他们喝些酒糟儿呢？犯不着怀着一心才智而被他们放逐到这里来。"

屈原叹了一口气，说道："你不知道，干净的人谁肯随着他们做龌龊的事呢？明白过来的人还再能假装着糊涂么？"他眼望着汨罗江的水，看着一层层激起的白浪花，若有所思的自言自语道："我宁可投身江水，把身子埋葬在江鱼肚子里去，岂肯以自己洁白的身子给蒙上一层黑污点么？"

渔父摇接头，也皱着双眉，向江边走上船去。

正在这个时候，忽然听得远处的村庄里有狗声急急的吠着。顿时人声也鼎沸起来，还夹杂着妇女的呼哭之声。

屈原的心沉了下去，象挂上了重重的铅块似的。预想的大祸事难道竟来了么？

他三步并作两步的向村庄里走去。他心脏在胸腔急跳着，两眼睁得更大了。

村众一见到他，连忙嚷道："屈大夫，大祸事！大祸事！"

屈原看见村众围着三个男子，在乱嚷着。那三个人走得浑身是汗水，有一个人左手臂上还涓涓汩汩的直往外冒着鲜血。他右手靠着他父亲的肩上，勉强的站稳着。

"直走了三天，滴水也不曾入口，好容易才逃出虎口！"项家的小伙子说道，一边在大口的把凉水往嘴里倒。

"完了！完了！房子烧光了！好凶狠的贼强盗，见人就杀，一街上都是死尸！"景家的二儿子接着说道。

那受了伤的景家三儿子愤愤的说道："不知怎么一回事的，秦兵就杀来了。那些混蛋，只顾自己性命，都逃走了。没有一个将官在率领着我们。平常作威作福的，在这时候却都悄悄的溜走了。我们只好乱纷纷的自己拿起矛，拔出剑，弯上弓前去迎敌。有什么办法抗敌得住他们呢？"

景家二儿子道："三弟手臂上中了一箭。他还想向前狠斗。我们硬把他拉住，才退回来，一同走了。"

项家的小伙子镇定了下来，才哭道："大哥死了！"

项大嫂子一声不响，奔回家里，放声号啕的大哭起来。

村众被这场大祸患惊得呆住了。狗在哀哀的急吠着。

屈原分开了众人，向这三个急行人间道："怎么一回事？怎么一回事？你们定了心慢慢的说来。"

景家二儿子道："我也不知道怎么一回事。我们是守卫郢都的，被分派在看守南门。前天深夜里，忽然看见北门头火光烧了起来。我们还以为是谁家失火呢？一会儿，火苗头越燃的多了。城里顿时哭嚷连天。一会儿，就有不少抱儿携女的人们，狼狼狈狈向南门逃来。挤着向城门口逃去。我问道，'有什么事？'他们只回答一句道：'秦兵杀来了！'我们连忙回营，披上衣甲，拿起长矛，再找营官，他不知在什么时候已经溜得不见踪影了。项大哥大

109

喊一声，挥着矛，叫道：'都跟我来！'他便首先冲向前去。我们百十个人都随了他前去。一路上逃的人塞满了街道。嚷的、哭的、叫喊着的、呼儿叫娘的，嚷成一片。项大哥和我们走了小路，好容易才到了王爷的宫门前。那里是火光熊熊，在火光里看见我们被杀的人，老的少的，男的女的都有，纵纵横横的躺在地上。秦兵三三两两的还在赶着杀人。有的跑到人家屋里去抢东西。项大哥气红了眼，大喝一声，冲向最近一个秦兵，把矛头直刺进他的肚里。这家伙一声不呻的躺下了。旁边的几个秦兵冲了过来。我们蜂涌上去，几个交手，也就解决了。宫里望楼上鼓声忽然大作。秦兵四面八方都兜围了过来。我们虽然众寡不敌，还是狠命的向前杀敌。项大哥叫进：'好！好！来的越多，杀得越痛快！'正说着，从什么地方射来一支冷箭，直插进他的胸膛，他倒下了，还挥着手，挣扎着要起来。大伙顾不到搀扶他，只是和秦兵挤着命，人人杀红了眼。我见项大哥挣扎了一回，头颅垂了下来，死了。不一会，我们的人渐渐的少了。三弟的左臂也中了一箭，他还想向前杀。我们二人硬把他拖回来。仗着我们街道熟，走了小巷，才逃出南门，上路回家。"

事情是明白了。亲兵攻袭了毫无防备的郢都，很快的就进了城，占领了王宫。

"王爷们有消息么？逃出城了没有？"屈原急急的问道。

景家二儿子道："听说是出了东门走了。官官吏吏的一大伙子，一听到秦兵进城，便收拾细软，坐上车跑了。谁还顾得城里百姓们的死活。"

屈原大喊一声，两只眼睛红了，随即号啕大哭起来。村众想到伤心处，也随着他哭了起来。顿时哭声闹成一片。

"哭有什么用呢？得趁早想个办法。"景家三儿子说道。

屈原止住了哭，哑咽的说道："对的，秦兵说不走还会向南追来。"

这个村庄里前前后后出去了二十多个壮丁，如今只回来了三个。全村老的，弱的凑合起来，总共不到五十多人。

"只要他们追来，我们一定要和他们拼个你死我活。我是活着不离开汨罗江边了。"景家二儿子道。

"是的，我们活在这汨罗江上，死也要死在这汨罗江上。"项家的小伙子说道。

景老头儿见多识广，连忙稳住大家道："事已至此，我们一面去打探消息，一面去作准备。现在，大家都回家去歇歇吧。"

村众渐渐的散去。

太阳已经毒热起来。快到中午了。屈原倚着一棵老桂树站着，一言不发。他的心沉下去。他所预想的最坏的祸事，果然是来到了！没想到来得那末快！难道这可爱的祖国便真的会无声无息的覆亡了么？楚国的英勇的男儿们会让这可爱的祖国，美丽的家园给虎狼似的敌人所侵占了么？

"不会的！不会的！勇敢的楚人是永远的不会屈服的！"他自言自语的说道。

他浑身无力地走回家。一进门，便躺在席上哀哀的大哭起来。到底哭了多久，他自己也不知道。哭得力竭声嘶的时候，便朦朦胧胧的熟睡了。醒来的时候，头边席上还是一大片湿的。

太阳已经快下山了。斜晖照射在东墙上，显得格外的暗黄惨淡，仿佛是世界的末日。

他要喊，要叫，有许多话要向每一个楚国的人说。浑身的劲儿，不知从哪里来的。一骨碌翻身坐了起来。身边就是一张长几，墙边架子上满堆的是削去了青皮的竹简。他取下了一大把竹简放在几上，提起笔来，诗思泉涌的一根一根往下写，一面自己吟哦着。

"皇天啊！你是怎样的没有道理！

"怎么会让老百姓们遭受了那末沉重的灾祸！

"老百姓们妻离子散的到处逃亡，

"刚刚是春天，却让他们向东奔跑。

"他们离去了美丽的家园，远远的走了，

"沿着江夏的水，而流亡到各处去。"

他写到郢都的陷落，写到老百姓们哭泣的离开了郢都，再也见不到这可爱的城邑，这城邑如今是一片的瓦砾场，被烧杀得好不凄惨！再也回不来了，再也看不见那高大的梓树，再也看不到那巍巍的东门了。故都是远了，一天天的远了！

写到这里，他自己的热泪又流得满脸。

他写到权臣们的误国，贪官污吏们的罪恶，他自己虽是楚国的同姓大夫，休戚相关，把楚国的前途看得明明白白，却有话没处说，有意见没法提出，一个湛湛的忠心，无人领会，一腔温热的鲜血，只是洒向空中，又不由得不悲愤横溢，把泪水都烧灼干了。

"睁大了双眼远远的望着郢都，

"要想回去，什么时候才能回去呢？

"鸟儿是要飞回故乡的，

"狐狸要死，还要跑到土山洞里去死。

"我是离得郢都远了，那不是我的罪过，

"哪一天，哪一夜，我曾忘记了我可爱的郢都！"

他写了这篇《哀郢》，又朗朗的歌唱了一遍。

这一夜，他直写到天色将亮。又是一夜的不能入睡。第二天一早，他匆匆的梳理了白发，又跑到江边上散步。嘴里吟哦着。

村庄里的人，一个也不曾遇到，他们仿佛在忙着什么。

到了中午的时候，项老头儿到了屈原家里来。他说道："屈大夫，我们村众想举办一个追悼亡人的祭祀。你大夫知道，这几次大战，我们村里出去了二十多个壮丁，回来的只有三个。家家都有个把儿子，或者丈夫，或者父亲，战死在沙场上。准备在三月初三日办这件事。女巫们也已经约下了。我们都盼望着你大夫能够替我们做一篇唱词儿。"

屈原正念着那些鬼雄，那些为国牺牲的壮士们。楚国的人民是英勇无匹的，只是被贪墨的权臣们所误，被糊涂的王爷们所害，弄得身死战场，国还不救。可爱可敬的英勇的战士们是尽了他们的责任了，该杀的当政把权的人们却贪生怕死的苟活着。他想到这里，不由得又愤火中烧。

"好的，"他答道，"我一定做。"

这一夜，他又整夜的不曾睡，在吟哦着，在朗唱着，在疾写着。他写：楚国勇士们身披犀甲，手执长矛，奔向前方。前方是战车在奔驰着，与敌车的轮子互相错插着，抛了长矛，拔出短剑来刺敌。敌人象天上的云朵似的纷纷拥拥，双方的旌旗，迎风飘摇，把太阳光都遮住了。双方把硬弓利剑象黄蜂出巢似的飞射出去。他写：个个人奋勇争先，越过车队，向前追杀。左边的一匹马倒下来了，右边的一匹马也受了刀伤，连忙解了下来，再赶车向前。双手执着鼓槌，咚咚的敲着鼓。他写：太阳都变得黑了，天空仿佛就要坠落下来。天神们仿佛在发怒。壮士们一个个的倒下了，躺在战场上没人理睬。壮士们一出发了就不再回来，那战场离家乡是那末远。

> 死去的壮士们身上还佩着长剑，挂着硬弓，
> 头颅虽然和身躯分开了，心还是不屈不挠。
> 是那末勇敢，又是那末壮烈，
> 刚强的楚人是永远不可凌犯的！
> 身体虽然死去，神还是有灵验的，
> 你们的魂魄啊！也会是鬼的英雄！
>
> ——《山鬼》

他把这歌词儿教会了女巫们。很快的，村众也都学会了唱。这歌词儿鼓舞了楚国人民的心，坚定了他们的为国牺牲的意志。他们

不哀而怒，不悲而愤。他使他们把悲愤变成力量。

但他自己则精力似乎已经衰竭了。他从二月听到郢都失陷的消息之后，便心神恍惚，身体更坏下去。双眼更凹了，渐渐的失了神。肩头更耸瘦起来，脸色更加难看了。

一直没有消息。秦兵把路拦断了。不知道楚王逃到什么地方去？北方的情形究竟怎样的？是不是还在抵抗？秦兵还继续的追上去没有？七思八想，老在心里转着。有时想到坏的结果，有时又觉得楚是决不会亡国的，心里又自宽自慰着。但心神老是不定，老是整夜的失眠。

已经入了夏天。草木莽莽的长得更为繁茂。汨罗江边的香草野花，蒸发出一股香气，弥漫在空中，嗅吸了进去，便使人昏昏欲醉。他照常的披散着白发，在江边散步。一步步走得更慢了，他有点支持不住自己。他想到郢都，想到糊涂的熊横，想到自己的耿耿忠心没法表白，想到那些权臣们倒上为下，玉石不分，方的东西硬会刓成圆的，自己是瞎子还以为双眼奕奕的人是失明的，把凤凰关闭在鸡笼里，却叫鸡儿在翔舞。朝政种种，莫非颠倒错乱。他以一个人的力量，还受着邑犬的群吠，有什么法子改变这些乱政呢？当时有许多世臣们，在自己的国内被排斥了，便跑到别的国里去做国卿，照样的享受荣华富贵，锦衣玉食。他不是那样人的同类。他是生根在楚地的，生是楚国人，死是楚国鬼。他是那末挚怀着楚国，那末热爱着楚国的人民。他压根儿没有起过离开祖国的念头。

他越想越悲，越想越气。连夜的失眠，使他更加憔悴不堪。连精神也支持不住了。他想勉强的挣扎着，实在是支撑不起来。他已经六十二岁了，象太阳快要黄昏似的，含着满心的忧哀，只是想死。

“没有办法了，没有办法了。”他老是这样的自言自语着。

五月初四的夜里，天气闷热得异常。天色是墨漆似的黑，连一点星光也没有。将要下雨的样子。云色重得很。门外的香草的芬芳气，间歇的被夜风吹了进来。

他下了决心，提起了笔，写了他最后的一篇歌辞——《怀沙》。

第二天一清早，他整了整衣服，梳理了白发，走向汨罗江边，清晨的风还带着昨夜的热气，一点也不觉得清凉。老桂树亭亭的站在那里。东方已经有红光了。五色班澜的云彩，映得满天空绚丽光华。

他觉得天是可爱的，大地是亲切的。草木是有光泽的，江水是清碧得见底。老百姓们的朴实勇敢，更和他的心紧紧的贴近。他舍弃不了这一切，但他实在没有气力再支持下去了。

他一步步的走下江边，走到石滩，拾起一块大石头，塞进长袍里，把腰带紧紧的系住了。回头望着江边的村庄，几家的炊烟已经袅袅的升在天空。他长长叹了一口气，一言不发的踊身向江心一跳，便沉了下去。江水微微的起了一阵溅波。

渔父在船上远远的望见了屈原向江心跳下，连忙大嚷走来："救人啊！救人啊！屈大夫投江自杀了！"

好几只渔船都急急的划了过来，用竹竿子在打捞。村众听见喊叫，也都奔到江边上来。他们束手无策的在干着急。打捞了半天，也不见一丝综影。直忙到中午，他们方才放弃了打救。

但屈原是不死的。他永远活在汨罗江边的人民的心上，也永远活在楚国人民的心上。他们唱着他的歌词，就如他还活在世上一样。他的歌词和他们的生活是那末亲切，那么贴近！

他们世世代代的想念着这个伟大的爱国诗人。他的歌词永远鼓舞他们为祖国的光荣而斗争。

每到五月初五这一天，他们便划出船来到江心去打救还盼望着能够打救到他。

原载1957年第2期《收获》

九　叔

　　九叔在家庭里，占一个很奇特的地位：无足轻重，而又为人人的眼中钉，心中刺；个个憎他，恨他，而表面上又不敢公然和他顶撞。他走开了，如一片落叶坠于池面，冷漠漠的无人注意。他走开了，从此就没有一个人在别人面前再提起他，也没有人问起他的近况如何，或者他有信来没有。只有大伯父还偶然的说道："老九在湖州不晓得好不好，去了好几个月一封信也没有来过。"只有大姆还偶然的忆起他，说道："九叔的脾气不大好，在那边不晓得和同事住得和洽否？"

　　但是，九叔的信没有来，九叔他自己不久却回来了。他回来了照例先到大姆的房门口，高声的问道；

　　"大嫂，大嫂，在房里么?大哥什么时候才可回家?"

　　他回来了，照例是一身萧然，两袖清风，有时弄得连铺盖也没有，还要大姆拿出钱来，临时叫王升去买一床棉被给他。

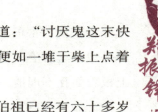

他回来时，照例是合家在背后窃窃的私议道："讨厌鬼这末快又来了！"人人心中是说不出的憎和恨，家庭中便如一堆干柴上点着了火，从此多事，鸡犬不宁。

他是伯祖的第二姨太太生的，他出世时，伯祖已经有六十多岁了，伯祖死时，他还不到八岁，于是大伯父便算是他的严父，他的严师，不仅是一个哥哥。他十岁时，跟了几个兄弟一同上学。是家里自己请的先生，今天是谁逃学，不用说，准是他；今天是谁挨了先生的打，不用说，准是他；今天是谁关了夜学，点上灯还在书房里"子曰，子曰"的念着，不用说，也准是他。好容易两年三年，把《四书》念完了，念完了他的责任便尽了，由"大学之道"起，到"则亦无有乎尔"止，原文不动的交还了先生。说到顽皮，打架，他便是第一。带领了满街的孩子在空地上操兵操，带领的是谁，不用说，准是他；抛石块到邻居的窗户里去的是谁，不用说，准是他；把卖糖果的孩子打得哭了，跑到家里来哭诉，惹祸的是谁，不用说，也准是他。

大伯父实在管不了他，只好叹了一口气，置之不理。他母亲是般般件件纵容他惯的，大伯父要严管也不敢。但他怕的还只有大伯父。不仅在小时候是怕，到了大时还是怕。"大哥"是他在家庭中唯一的畏敬的，唯一的说他不敢回口的人。

他母亲死时，他已经二十多岁了，便常在外面东飘西荡，说是要做买卖，说是要找事做，说是到上海去，说是到省城去。不知在什么时候，祖父留给他的一份薄产，他母亲留给他的一份衣服首饰，都无影无踪的消没了，他便常在父亲家里做食客，管闲事，成了人人的眼中钉，心中刺，闹得鸡犬不宁。

自从大伯父合家搬到上海来后，二婶，五婶也都住在一处，家庭更大，人口更杂，九叔也成了常住的客人，而口舌更多。他每次失业，上海是必由之路，而大伯父家便是他必住之地。他的失业，一年两年不算多，而他的就事，两月三月已算久。于是家里的人个

个都卷在憎与恨的旋风中，连李妈也被卷入，连荷花也被卷入。五婶是表面上客客气气，背后讽刺批评；二婶是背后罗罗唆唆，表面上板着面孔不理他。而九叔和她便成了明显的不两立的敌人。

九叔爱管闲事，例如：荷花手里提着开水壶，要去泡水，经过他的面前，他便板着脸说道："荷花，你昨夜又偷吃五太太的饼干么？大太太不舍得打你。再偷，我来打！"这时，厨房里锵的一声，表明郭妈洗碗时又打碎了一只，九叔便连忙立了起来，赶到厨房里说道："又打碎碗了！好不小心的郭妈！要叫大太太扣下工钱来赔。这样常打碎东西还成么！"李妈又由楼上抱了小弟弟噔噔的走下楼梯。"李妈，"九叔又叫住了她，"把小弟弟抱到哪里去？当心太阳。不要乱买东西给他吃，吃坏了你担当不起。"李妈咕嘟着嘴答道："又不是我要抱他出去！是五太太她自己叫我抱他去买什锦糖的。"

他是这样的爱管闲事。于是在傍晚的厨房里窃窃的骂声起来了："一个男子汉，没出息，不会挣钱，吃现成饭，倒爱管人家的闲事！"朦胧的灯光之中，照见李妈、郭妈和荷花，还有四婶用的蔡妈和厨子阿三。

九叔吵闹得合宅不宁。例如：他天天闲着没事做，天天便站在二婶、五婶，隔壁的黄太太，还有二姨太的牌桌旁边，东张张，西望望，东指点，西教导，似乎比打牌的人还热心。"看了别人的牌，不要乱讲。"黄太太微笑的禁阻他，二婶便狠狠的盯了他一眼。有一次，二婶刚好听的白板，二索对倒，桌上已有红中一对碰出，牌很不小，她把听张伏在桌上，故意不让九叔看见。九叔生了气道："不看就不看，我还猜不出？一定有一对白板！对家和数很大，你们白板大家不要打。"而这时，黄太太刚好摸到一张白板，正要随手打出，听他一说，迟疑了一下，便换了一张熟牌打出。结局是二婶没有和出。她忍不住埋怨道："爱看牌就不要讲话！东看西看的，什么牌都知道了。"

九叔光了眼望她道："二嫂说什么，我又没有看见你的！自己输急了，倒要埋怨别人！"

要不是黄太太和五婶连忙笑劝，一场大闹是决不免的。看了黄太太和五婶的脸上，看了打牌的份上，二婶只好咕嘟着嘴，忍气吞声的不响，而九叔也只好咕嘟着嘴，忍气吞声的不响。

这一场牌的结果，二婶是大输。她便罗罗唆唆的在房里骂了九叔半夜。九叔便是她输钱的大原因。她的牌刚刚转风，九叔恰来多嘴，使她这一副牌不和；这一副牌不和，便使他一直倒霉到底。这罪过不该九叔担负又该谁担负的？

"好不要脸，一个男子汉，三十多岁了，还住在哥哥家里吃闲饭，管闲事，有骨气的人要出去自己挣钱才好。不要脸的，好样子！爱管闲事……吃闲饭！好样子！"她的骂话，颠颠倒倒是这几句。

不知以何因缘，她骂的话竟句句都传入九叔的耳朵里。第二天，大伯父出门后，九叔就大发雷霆了，瘦削的脸铁青铁青的，颧骨高高突出，双眼睁大了，如两只小灯笼，似欲择人而噬。手掌击着客厅的乌木桌，啪啪的发出大声，然后他的又高又尖的声带，开始发音了：

"自己输急了，反要怪着别人，好样子！我吃的是大哥的饭，谁配管我！住的是大哥的家，爱住便住，谁又配赶我走！要赶我，我倒偏不走！怕我管闲事，我倒偏要管管！大哥也不能捐我走！大哥的家，我不能住么？快四十的人了，还打扮得怪怪气气的，好样子！自己不照照镜子看！"

这又高又尖的指桑骂槐的话，足够使二婶在她房里听得见，她气得浑身发抖，也颤声的不肯示弱的回骂着：

"好样子！一天到晚在家吃闲饭，生事，骂人！配不配？凭什么在家里摆大架子！没有出息的东西，三十多岁了，还吃着别人的，住着别人的，好样子！没出息！……"

二婶的话，直似张飞的丈八蛇矛，由二婶的房里，恰恰刺到他的心里，把他满腔的怒火拨动了。他由客厅跳了起来，直赶到后天井，双手把单衫的袖口倒卷了起来，气冲冲的仿佛要和谁拼命。

他站在二婶窗口，问道："二嫂，你骂谁？"

二婶颤声的答道："我说我的话，谁也管不着！"

"管不着！骂人要明明白白的，不要绵里藏针！要当面骂才是硬汉，背后骂人，算什么东西！好样子！输急了，倒反怪起别人来。怕输便别打牌？又不是吃你家的饭，你配管我！二哥刚刚有芝麻大的差事在手，你便威风起来，好样子！不看看自己从前的……"

二婶再也忍不住了，从椅上立起来，直赶到房门口，一手指着九叔，说道："你敢说我……大伯还……"她的声音更抖得厉害，再也没有勇气接说下去。

九叔还追了进一步："谁敢说你，现在是局长太太了！有本领立刻叫二哥回来吞了我。一天到晚，花花绿绿，怪怪气气，打扮给谁看。没孩子的命，又不让二哥娶小。醋瓶子，醋罐子！"

这一席话，如一把牛耳尖刀，正刺中二婶的心的中央。她由房门口倒退了回来，伏在床上嚎啕大哭。

这哭声引动了合家的惊惶。七叔和王升硬把九叔的双臂握着，推了他出外，而五婶，大姆，李妈，郭妈，荷花都拥挤在二婶的身边，劝慰的语声，如傍晚时巢上的蜜蜂的营营作响，热闹而密集。

他是这样的闹得合家不宁。

等到大伯父从厅里回家，这次大风波已经平静下去了。九叔不再高声的吵闹，二婶也不再号啕，不再啜泣。母亲和五婶已把她劝得不再和"狗一般的人"同见识，生闲气。

这一夜在房里，大姆轻喟了一口气，从容的对大伯父说道："九叔也闲得太久了，要替他想想法子才好。"

大伯父道："我何尝不替他着急。现在找事实在不易。去年冬天，好容易荐他到奔牛去，但不到两个月，他又回来了。他每次不

是和同事闹，便是因东家撤差跟着走。这叫我怎么办。他的运气固然不好，而他的脾气也太坏了。"

大姆道："你想想看，还有别的地方可荐么？你昨天不是说四姊夫放了缺。何不荐他到四姊夫那里去试试？"

大伯父道："姑且写一封信给试试看。事呢，也许有，只怕不会有好的轮到他。"

第三天早晨，九叔便动身了。他走开了，如一片落叶于池面，冷漠漠的无人注意。他走开了，从此就没有一个人在别人面前再提起他，也没有人问起他的近况如何，或者他有信来没有。只有大姆还偶然的忆起他，只有大伯父还偶然的说起他。他走开了，家里也并不觉少了一个人。只有一件很觉得出；口舌从此少了；而荷花的偷吃，郭妈的打碎碗，李妈的抱小弟弟出门，也不再有人去管。

这一次，他的信却比他自己先回来。他在信上说："四姊夫招待甚佳，惟留弟在总局，说，待有机会，再派出去。"隔了几个月，第二封信没有来，他自己又回来了。

这一次，失业只有半年多，而就事的时候也不少于半年，这是他失业史上空前纪录。他回来了，依旧是一身萧然，两袖清风，依旧是合家窃窃的私议道："讨厌鬼又来了！"依旧是柴堆上点着了火，从此鸡犬不宁，口舌繁多。

"四姊夫太不顾亲戚的情面了。留在总局半年，一点事也不派。到他烟铺上说了不止十几次，而他漠然的不理会。他的兄弟，他母亲的侄子，他的远房叔叔，都比我后到，一个个都派到了好差事。我留在总局里，只吃他一口闲饭，一个钱也不见面。老实说，要吃一口饭，什么地方混不到，何必定要在他那里！所以只好走了！"他很激昂的对大伯父说，大伯父不说什么，沉默了半天，只说道："做事还要忍耐些才好……不过，路上辛苦，早点睡去罢。"回头便叫道："王升，九老爷的床铺铺好了没有？"

王升只随口答应道："铺好了。"其实他的被铺席子，都要等

明天大姆拿出钱来再替他去置办一套。

这时正是夏天。夏夜是长长的，夏夜的天空蔚蓝得如蓝色丝线的长袍，夏夜的星光灿烂如灯光底下的钻石。九叔吃了晚饭，不能就睡，便在夏夜的天井里，拖了一张凳子来，坐在那里拉胡琴。拉的还是他每个夏夜必拉的那个烂熟的福建调子《偷打胎》。他那又高又尖的嗓子，随和了胡琴声，粗野而讨人厌的反复的唱着。微亮的银河横亘天空，深夜的凉风吹到了人身上，使他忘记这是夏天。清露正无声的聚集在绿草上，花瓣上。而九叔的"歌兴"还未阑。李妈、郭妈、荷花们这时是坐在后天井里，大蒲扇啪啪的声响着，见到的是和九叔见到的同一的夏夜的天空。荷花已经打了好几次的哈欠了。

二婶在房里，正提了蚊灯在剿灭帐子里面的蚊寇，预备安适的睡一夜。她听见九叔还在唱，便自语道："什么时候了，还在吵嚷着！真是讨厌鬼，不知好歹！"

然而，谁能料到呢，这个讨厌鬼却竟有一次挽救了合家的厄运。真的，谁也料不到这厄运竟会降到我们家里来，更料不到这厄运竟会为讨厌鬼的九叔所挽救。

黄昏的时候，电灯将亮未亮。大伯父未回家，王升出去送信了，七叔是有朋友约去吃晚饭。除了九叔和阿三外，家里一个男子也没有。李妈抱小弟弟在楼上玩骨牌；荷花在替母亲捶腿；郭妈在厨房里煮稀饭。这时，大门蓬蓬的有人在敲着，叫道："快信，快信！"二婶道："奇怪，快信怎么在这个时候来！"她见没人去开门，便叫正在她房里收拾东西的蔡妈道："你去开门罢。先问问是哪里来的快信。"

蔡妈在门内问道："哪里寄来的快信？"

门外答道："北京来的，姓周的寄来的。"

呀的一声，蔡妈把大门开了，门外同时拥进了三个大汉。蔡妈刚要问做什么，却为这些不速之客的威武的神气所惊，竟把这句话梗在喉头吐不出。

"你们太太在哪里，快带我们去见她。"来客威吓的说道。

蔡妈吓得浑身发抖，双腿如疯瘫了一样，一步也走不动，而来客已由天井直闯到客厅。

全家在这时都已觉得有意外事发生了。不知什么时候，九叔已由他自己的房间溜到楼上来。他对五婶道："不要忙乱，把东西给他们好了。"五婶颤声道："李妈，当心小弟弟。他们要什么都给他们便了。"四婶最有主张，已把金镯子、钻戒指脱下放到痰盂里去。母亲索索的打冷战不已，一句话也说不出，一步路也不能走动。

九叔已很快的上了阁楼，由那里再爬到隔壁黄家的屋瓦上，由他家楼上走下，到了弄口，取出警笛呜呜的尽力吹着，并叫道："弄里有强盗，强盗！"

弄里弄外，人声鼎沸，同时好几只警笛悠扬的互答着。

那几个大汉，匆匆的由后门逃走了，不知逃到哪里去。家里是一点东西也没有失，只是空吓了一场而已。

大姆只是念佛："南无阿弥陀佛！亏得菩萨保佑，还没有进房来！"

五婶道："还亏得是九叔由屋瓦上爬过黄家，偷出弄口吹叫子求救，才把强盗吓跑了。"

大姆轻松的叹了一口气道："究竟是自己家里的人，缓急时有用！"

谁会料到这合家的眼中钉，心中刺的九叔，缓急时竟也有大用呢？

然而，谁更能料到呢，这合家的眼中钉，心中刺的九叔，过了夏天后，便又动身去就事了呢？而且这一去，竟将一年了，还不归来。

谁更能料到，九叔在一年之后归来时，竟不复是一身萧然呢？他

较前体面得多了，身上穿的是高价的熟罗衫，不复为旧而破的竹布长衫；身边带的是两口皮箱，很沉重，很沉重的，一只网篮，满满的东西，几乎要把网都涨破了，一大卷铺盖，用雪白的毯子包着，不复是"双肩担一嘴"的光棍；说话是甜蜜蜜的，而不复是尖尖刻刻的谩骂。

五婶道："九叔发福了，换了一个人了。"

他回来时，照例先到大姆的房门口，高声的问道：

"大嫂，大嫂，在房里么?大哥什么时候才可回家?"

他回来了，合家不再在背后窃窃的私议道："讨厌鬼又来了！"

他回来了，家里添了一个新的客人，个个都注意他的客人。大姆问他道："九叔，听说发财了，恭喜，恭喜！有了九婶了么？"

他微笑的谦让道："哪里的话，不过敷衍敷衍而已。局里忙得很，勉强请了半个月的假，来拜望哥嫂们。亲是定下了，是局长的一个远房亲串。"他四顾的看着房里说道："都没有变样子。家里的人都好么？"荷花正在替大姆捶腿背。他道："一年多不见，荷花大得可以嫁人了。"

合家都到了大姆的房里，二婶、五婶、七叔，连李妈、郭妈、蔡妈，拥拥挤挤的立了坐了一屋子，都看着九叔。

五婶问道："九叔近来也打牌么？"

"在局里和同事时常打，不过打得不大，至多五十块底的。玩玩而已，没有什么大输赢。"九叔答道。

饭后，黄太太也来了。她微笑的问道："下午打牌好不好?九叔也来凑一脚罢。横竖在家里没事。只怕牌底太小，九叔不愿意打。"

九叔道："哪里的话。大也打，小也打。不过消遣消遣而已。"

哗啦一声，一百三十多张麻将牌便倒在桌上，而九叔便居然上桌和黄太太、二婶、五婶同打，不再在牌桌旁边，东张张，西望望，东指点，西教导，惹人讨厌了。

谁料到九叔有了这样的一天。

这时正是夏夜。夏夜是长长的，夏夜的天空蔚蓝得如蓝色丝绒的长袍，夏夜的星光是灿烂如灯光底下的钻石。在这夏夜的天井里，只缺少了一个九叔，拉着胡琴，唱着那熟悉的福建调子《偷打胎》。微亮的银河横亘天空，深夜的凉风，吹到人身上，使他忘记这是夏天。清露正无声的聚集在绿草上，花瓣上。在这夏夜的后天井里，同时还缺少了李妈、郭妈、荷花们，也不见大蒲扇的啪啪的响着，也不见荷花的打哈欠。

上房灯光红红的，黑压压的一屋子人影，牌声窸窸窣窣的，啪啪噼噼的，打牌的人，叫着，笑着，而李妈、郭妈、荷花们忙着装烟倒茶，侍候着他们打牌的人。

1927年8月1日在巴黎

原载1928年远东图书公司版《家庭的故事》

访　问

　　天色老是阴沉沉的，又不肯痛痛快快的下一阵大雨。不时的，飘下一阵子雨丝。忽然的又停了。令人捉摸不住，到底是晴了没有，抬头望望天空，实在不敢乐观。那末阴沉沉的漫天的灰色，仿佛大帐幕似的笼罩在上头，丝毫的晴意都没有。

　　周荫甫拖着疲倦的足，挣扎的进了房门，拉长了脸一声不响。

　　他妻子知道他从外滩步行到家，实在是累极了，便不敢去惹恼他。本来有一肚子的话要说，米已经没有了，要买。明天的小菜钱也还没有着落。小荫的皮鞋破得不能再穿了。士芳要做一件新的花布旗袍。已经老早答应了她的，这几天就要穿。可是花布还不曾买好。房租已经来要过第二次了。二房东的脸色很不好看。……

　　可是她没有作声，静静的在替他预备晚餐。

　　吃粥时，一家门都没有好气。士芳鼓着嘴，要说不说的。小荫在对着半年不变的一碟咸菜和一块红腐乳生气，他勉强的吞下了一碗粥。便放下筷子，要走开。

"怎么只吃一碗粥?不饿么?"她问道。

小荫苦着脸，摇摇头。

电灯的光，黄得发暗。二房东只许他们用十支光以下的灯泡，说是电费太贵了。

周荫甫皱着眉，勉强的把两碗粥呼噜呼噜的喝完。深长的吐了一口气，坐到房里唯一的安舒的所在，一张年高德劭，满身伤痕的沙发上去。 他拿起早上在街上买的日报在看。挤紧了双眉，在一字字的琢磨着，为了电灯太暗，他不能不吃力的看着。

她在洗碗，士芳在预备功课。小荫已经跑到门外和同伴玩去了。 房里静悄悄的。他心境比较的显得平定些。疲劳也开始消除了过来。 他读着这日报的副刊，有一篇文章说，如今的物价高涨，民生凋敝，都是政府不好，要过好日子，便非首先改革政府不可。

他买了这份报，是随随便便的；他本来天天看《新闻报》，这一天，为了《新闻报》卖完了，所以，便买了这一份。

那些论调，他都从来不曾听到过。但句句似乎都打在他的心头，在替他说话，也仿佛是他自己在说着似的。

"为什么要警管区制度呢？这不是十足的法西斯的作风么？恐怕战前和战时的德国，意大利和日本，那三个极端反动的国家，也没有那末普遍而深入的扰民之举吧。"

"为了维护人民居住的自由权，我们应该拒绝警察的访问，拒绝回答他的问题。"

他读了报上的另一篇文字，也觉得颇有道理。这几天，公司里的同事们和邻里的居民们，已经在乱纷纷的讨论着，警察来了，将怎样对付他们呢？有什么话好谈呢？一定会显得十分狼狈的。

也有许多不平的愤愤的议论。

"难道不放心我们老百姓们，把我们都当作了不稳分子了？就在敌伪时代，也没有敌探们作那末普遍的访求！"

周荫甫向来是不关心那一套的，他只是安分守己的活着。逆来顺受，仿佛是惯了似的。遇到这种扰民之举，他只是皱着眉，暗地里在愁着；将怎样对付过去这难关呢？

"也许不会访问我们吧。万一果然来了，将怎么办呢？"

他想起，便有一阵阴影似的愁情飞过心头。看了这段文章，他微微的起了些波动。拒绝他的访求？拒绝回答一切问题？

他在一瞬间，有这末一个大浪似的疑问。然而他的"多一事不如少一事"的哲学立刻在抬头了。为什么要自找麻烦呢？

大家能够齐心的都拒绝他们么？要是只有少数的人拒绝访问，怕不会惹起乱子来么？"不怕官，只怕管。"这个古老的常识也在作怪。如果得罪了他们，一时也许不发作，将来的麻烦一定要多着呢。他想得心里烦透了，便把报顺手抛在地板上，闭了眼，独自在养神。桌上的小闹钟在滴滴答答的走着。门外有叫卖茯苓糕、桂花白糖糕的声音。邻居们都静悄悄的，突然的石破天惊似的，隔壁王家新生的小娃娃在大哭。

这一切他天天都习惯了的，无害于他的静养。他有些迷迷糊糊的，仿佛游太虚。正觉得有点舒适，忽然弄堂里有皮鞋声，在重重的走着，仿佛很有威风似的。他心里一震，静听着这沉重的皮鞋声走着，走到他家门口停住了。"难道是来了？"他惊慌的在心里自问着。铜的门环嗒嗒的在叩着。他从沙发上挣扎了起来，有点慌，也有点不乐意，走到天井里，拔了门闩，开了门。

"是八号么？"一个瘦削的脸的警察问道，腋下夹了一个黑皮的公事皮包。

他点点头。这警察便挨身走进门来，随手把门关上。他的双眉很浓，双眼有神，仿佛在刺探着你的心上的什么秘密似的。不问声主人，他便大模大样的在那张唯一的舒服的沙发上坐下了。

周荫甫恭敬而且惶恐的坐在旁边一张硬板凳上陪着。士芳和他的太太都停止了工作，也慌乱的以睁大了的眼望着他们俩。

这警察慢条斯理的打开了黑色的公事皮包，拿出一大迭纸张来，在寻找着。什么声响都没有。连纸头翻动的声音都听得到。

空气有点窒塞。他翻了半天，翻出一张纸来，放在膝盖头，眼看着纸，问道："这儿是八号？"

他又点一次头。

"是二层楼的房子？"

"是的。"他恭顺的答道。

"住了几家人家？"

"楼上一家，亭子间一家，楼下客堂一家，披间一家，一共是四家。"

"你是二房东么？"

他摇摇头。

"二房东姓石，山东潍县人，做买卖的，家里有一妻二子一女，是么？"

"是的。"

"你是租的客堂间住么？"

"是的。"

"每个月房租多少？住了几年了？"

他有点为难。二房东曾经再三关照过他，有人问房租数目，不能照实数告诉人家。

他期期艾艾的答道："住了七八年了，每月的房租是……是八九百元。"

"你怎么的！难道自己也不知道居住年月的准确日期了么？难道连房租的确数也不知道了么？这调查是要紧的。防止奸宄匿迹。什么话都得老老实实的回答。不能隐瞒。我有底子的。和底子不对，就显然有问题。要小心！"他一口气的教训了一顿。

周荫甫涨红了脸一声不响。

"到底住了多少年？房租到底多少？"他追紧了一步，迫问着。

他越发慌乱了，在静听着的他的妻和士芳也都显得有点慌乱。

"是八年。房租是九百元一月。"他极力镇定的答道。

警察看着纸头，摇摇头。

"和你填的东西不对。你再想想看。有问题，大有问题！"

他头脑盖上仿佛嘤的一声，灵魂飞了出去。他费尽了心思，在追索着。从前填写的那张表，到底怎么填的，他实在想不出了。

"你姓周？"警察又问了下去。他机械的点点头。

"名叫什么？"

"叫荫甫。"

"在哪儿做事？"

"在仁记路永泰公司做职员。"

"这公司是做什么买卖的？月薪多少？"

"是做股票买卖的。月薪只有三万五千元。"

"现在还做股票么？"

"是的。"

警察又抬起头，注视着他，说道："你知道现在股票是政府禁止买卖的么？这公司有问题。你在那里是做什么的？"

他心里益发慌了，不暇细想的答道："是听电话，报股票行情的。"

"从哪里打来的电话，这要查，要仔细的查。你要好好的回答我。有问题，有问题。这是重要的大事件，不能含糊过去！你回答！立刻回答！"他拿起一张空白纸来，一手从警服的口袋里，拔出一支自来水笔来，等待着写下去。

周荫甫的脸色变得苍白了，双手在抖着，嘴唇也在发抖。

"我……我……也不知道……只知道是叫一二二五九……的电话。"

警察把这号码记了下去，"你不知道那对方公司的地址和牌号么？果真不知道么？不得说谎。说了谎查出来，要吃官司的。"

"实在不知道，"他浑身在抖着。

"你家里有几口人？"

"一妻，一子，一女。"

"妻做什么的？叫什么姓名？子叫什么？在哪里读书，做事？多少岁了？生日是几月几日？女叫什么？在读书么？"

"妻叫周陈氏，不做事，"他答道。

警察连忙拦住了他，"这不成的！现在不作兴用什么'氏'的，总应该有个名字。"

"实在是没有。"

"不成！总得有一个。"

"是，是，马上就替她取一个名字。"

警察点点头，表示赞同。

"子名小荫，年十二岁，在初中读书。"

警察看看纸头，说道："不成！现在要说实在的岁数。到底是几岁零几个月？"

他无望的在细细的计算着。妻也在焦灼着。还是士芳算了出来，道："实在岁数是十岁零八个月。"

警察向士芳望着，"是你的女儿么？在读书没有？"

"是，名叫士芳，在育华中学读书。"

警察又注意了起来。"哪里的育华中学，是在中山路中段的那一家中学么？"

他答道："是的，"心里在疑惑着，不知又要有什么毛病发生。

果然警察大发议论了。"这学校不好。是异党分子办的。常闹乱子。你这女儿思想受毒，大有问题，得好好的注意着。"说着，便在纸头上做下什么记号。

周荫甫头脑有些混乱，不知回答什么好。他的妻脸上也变了色，手在抖着。

土芳鼓起嘴，有点愤然。

"你的薪水每月够用么？"

周荫甫摇摇头答道："现在物价高，米粮贵，每月总是不够用的。"

"不够用，怎么办呢?有做别的事么?有兼差没有？有做别的投机事业没有？有做别的买卖没有？"

周荫甫本来在这家股票公司里，自己也常做着抢帽子的花头，有时全靠了这，才敷衍得过这艰难的日子，但被他这一路教训下去，实在不敢再说实话了，便摇摇头的说道："没有做别的事。"

"那末一家四口怎么够敷衍下去呢"

"只好早晚吃吃粥，勉强的过着苦日子。"

警察的紧绷着的脸松了下去，仿佛很同情似的，"原是的，现在谁不过着苦日子呢！在开始建国的时候，大家都得吃些苦。好日子在后头呢！工业发达了，工厂多了，生活自会提高的。"

周荫甫茫然的点点头。

警察从沙发上站了起来，把纸条收拾好了，放入公事皮包里去，大声道："好了，打扰了你好半天，为了公事，不能不如此办。以后有机会还要常常来麻烦你。"说着，便走到天井，自己开了门出去。

周荫甫机械的送他到门口，点点头，心头还在扑扑的跳着。

回到了客堂，方才松了一口气，仿佛过了一重鬼门关似的，茫然，而又觉得有点凄楚。

一阵细雨又随着晚风飘洒了下来。

不知什么时候会放晴。

1946年6月写

选自1959年人民文学出版社版《郑振铎文集》第1卷

最后一课

　　口头上慷慨激昂的人，未见得便是杀身成仁的志士。无数的勇士，前仆后继的倒下去，默默无言。

　　好几个汉奸都曾经做过抗日会的主席，首先变节的一个国文教师，却是好使酒骂座，惯出什么"富贵不能淫，威武不能屈"一类题目的东西；说是要在枪林弹雨里上课，绝对的"宁为玉碎，不为瓦上"的一个校长，却是第一个屈膝于敌伪的教育界之蟊贼。

　　然而默默无言的人们，却坚定的做着最后的打算，抛下了一切，千山万水的，千辛万苦的开始长征，绝不做什么"为国家保存财产、文献"一类的借口的话。

　　上海国军撤退后，头一批出来做汉奸的都是些无赖之徒，或愍不畏死的东西。其后，却有"我不入地狱谁入地狱"的维持地方的人物出来了。再其后，却有以"救民"为幌子，而喊着"同文同种"的合作者出来。到了珍珠港的袭击以后，自有一批最傻的傻子

们相信着日本政策的改变，在做着"东亚人的东亚"的白日梦，吃尽了"独苦"，反以为"同甘"，被人家拖着"共死"，却糊涂到要挣扎着"同生"。其实，这一类的东西也不太多。自命为聪明的人物，是一贯的利用时机，做着升官发财的计划，其或早或迟的蜕变，乃是做恶的勇气够不够，或替自己打算得周到不周到的问题。

默默无言的坚定的人们。所想到的只是如何"抗敌救国"的问题，压根儿不曾梦想到"环境"的如何变更，或敌人对华政策的如何变动、改革。

所以他们也有一贯的计划，在最艰苦的情形之下奋斗着，绝对的不做"苟全"之梦；该牺牲的时机一到，便毫不踌躇的踏上应走的大道，义无反顾。

12月8号是一块试金石。

这一天的清晨，天色还不曾大亮，我在睡梦里被电话的铃声惊醒。

"听到了炮声和机关枪声没有？"C在电话里说。

"没有听见。发生了什么事？"

"听说日本人占领租界，把英国人缴了械，黄浦江上的一只英国炮舰被轰沉，一只美国炮舰投降了。"

接连的又来了几个电话，有的是报馆里的朋友打来的。事实渐渐的明白。

英国军舰被轰沉，官兵们凫水上岸，却遇到了岸上的机关枪的扫射，纷纷的死在水里。

日本兵依照着预定的计划，开始从虹口或郊外开进租界。

被认为孤岛的最后一块弹丸地，终于也沦陷于敌手。

我匆匆的跑到了康脑脱路的暨大。

校长和许多重要的负责者们都已经到了，立刻举行了一次会议。简短而悲壮的，立刻议决了：

"看到一个日本兵或一面日本旗经过校门时，立刻停课，将这大学关闭结束。"

太阳光很红亮的晒着，街上依然的熙来攘往，没有一点异样。

我们依旧的摇铃上课。

我授课的地方，在楼下临街的一个课室。站在讲台上，可以望得见街。

学生们不到的人很少。

"今天的事。"我说道，"你们都已经知道了吧。"学生们都点点头。"我们已经议决，一看到一个日本兵或一面日本旗经过校门，立刻便停课，并且立即的将学校关闭结束。"

学生们的脸上都显现着坚毅的神色，坐得挺直的，但没有一句话。

"但是我这一门功课还要照常的讲下去，一分一秒也不停顿，直到看见了一个日本兵或一面日本旗为止。"

我不荒废一秒钟的工夫，开始照常的讲下去。学生们照常的笔记着，默默无声的。

这一课似乎讲得格外的亲切、格外的清朗，语音里自己觉得有点异样，似带着坚毅的决心、最后的沉着；象殉难者的最后的晚餐，象冲锋前的士兵们上了刺刀，"引满待发"。

然而镇定、安详，没有一丝的紧张的神色。该来的事变，一定会来的。一切都已准备好。

谁都明白这"最后一课"的意义。我愿意讲得愈多愈好，学生们愿意笔记得愈多愈好。

讲下去，讲下去，讲下去。恨不得把所有的应该讲授的东西，统统在这一课里讲完了它，学生们也沙沙的不停的在抄记着。心无旁用，笔不停挥。

别的十几个课室里也都是这样的情形。

对于要"辞别"的，要"离开"的东西，觉得格外的恋恋。黑板显得格外的光亮，粉笔是分外的白而柔软适用，小小的课桌觉得

十分的可爱，学生们靠在课椅的扶手上，抚摩着，也觉得十分的难分难舍。那晨夕与共的椅子，曾经在扶手上面用钢笔、铅笔，或铅笔刀，有意识或无意识的涂写着，刻划着许多字或句的，如何舍得一旦离别了呢！

街上依然的平滑光鲜，小贩们不时的走过，太阳光很有精神的晒着。

我的表在衣袋里低低的喀哒的走着，那声音仿佛听得见。

没有伤感，没有悲哀，只有坚定的决心，沉毅异常的在等待着——等待着最后一刻的到来。

远远的有沉重的车轮辗地的声音可听到。

几分钟后，有几辆满载着日本兵的军用车，经过校门口，向东向西，徐徐的走过，当头一面旭日旗——血红的一个圆圈，在迎风飘荡着。

时间是上午10时30分。

我一眼看见了这些车子走过去，立刻挺直了身体，做着立正的姿势，沉毅的合上了书本，以坚决的口气宣布道：

"现在下课！"

学生们一致的立了起来，默默的不说一句话，有几个女生似在低低的啜泣着。

没有一个学生有什么要问的，没有迟疑，没有踌躇，没有彷徨，没有顾虑。个个人都已决定了应该怎么办，应该向那一个方面走去。

赤热的心，像钢铁铸成似的坚固，像走着鹅步的仪仗队似的一致。

从来没有那么无纷纭的一致的坚决过，从校长到工役。

这样的，光荣的国立暨南大学在上海暂时结束了它的生命。默默的在忙着迁校的工作。

那些喧哗的慷慨激昂的东西们，却在忙碌的打算着怎样维持他们的学校，借口于学生们的学业、校产的保全与教职员们的生活问题。